농담을 싫어하는 사람들

■ 이 도서의 국립중앙도서관 출판시도서목록(CIP)은
e-CIP 홈페이지(http://www.nl.go.kr/ecip)와
국가자료공동목록시스템(http://www.nl.go.kr/kolisnet)에서 이용하실 수 있습니다.
(CIP제어번호: CIP 2020014244)

농담을 싫어하는 사람들

정지돈 짧은 소설
윤예지 그림

마음산책

정지돈

2013년 〈문학과사회〉 신인문학상으로 등단했다. 낸 책으로 소설집 『내가 싸우듯이』 『우리는 다른 사람들의 기억에서 살 것이다』, 장편소설 『작은 겁쟁이 겁쟁이 새로운 파티』 『모든 것은 영원했다』, 중편소설 『야간경비원의 일기』, 문학평론집 『문학의 기쁨』(공저), 산문집 『영화와 시』 등이 있다. 젊은작가상 대상과 문지문학상을 수상했다.

농담을 싫어하는 사람들

1판 1쇄 발행 2020년 4월 25일
1판 3쇄 발행 2021년 6월 25일

지은이 | 정지돈
그린이 | 윤예지
펴낸이 | 정은숙
펴낸곳 | 마음산책

편집 | 권한라 · 성혜현 · 김수경 · 이복규 디자인 | 최정윤 · 오세라
마케팅 | 권혁준 · 김은비 경영지원 | 박지혜

등록 | 2000년 7월 28일(제13-653호)
주소 | (우 04043) 서울시 마포구 잔다리로 3안길 20
전화 | 대표 362-1452 편집 362-1451 팩스 | 362-1455
홈페이지 | www.maumsan.com
블로그 | blog.naver.com/maumsanchaek
트위터 | twitter.com/maumsanchaek
페이스북 | facebook.com/maumsan
인스타그램 | instagram.com/maumsanchaek
전자우편 | maum@maumsan.com

ISBN 978-89-6090-615-0 03810

* 책값은 뒤표지에 있습니다.

"내가 널 좋아하는 이유는 네가 뭔가 부족하기 때문이야."
"날 채워줘."

작가의 말

2, 3년 전부터 짧은 소설 청탁이 많아졌다. 써보지 않은 형식이라 부담스러웠는데 쓰다보니 즐거워졌다. 몇몇 작품은 다시 읽으며 자주 웃었다. 내가 쓴 건데……. 독자들에게 기대해도 좋다는 의미에서 하는 말은 아니다. 내가 지은 웃음은 개인적인 성향의 것이라 다른 사람에게 통할지 모르겠다. 친밀한 사이에서 오간 실없지만 웃긴 대화 같은, 그런 글을 생각하고 쓴 건 아닌데 써놓고 보니 그렇게 됐다. 모두 성공적이지는 않다. G. K. 체스터턴은 말했다. 근엄해지기는 너무도 쉽다. 실없어지기는 너무도 어렵다.

짧은 소설을 쓰면서 자주 떠올린 작가는 다닐 하름스와 세르게이 도블라토프다. 다닐 하름스는 박솔뫼 작가의 추천으로 알게 됐다. 세르게이 도블라토프는 세계문학을 뒤적거리다 알게 됐다. 세상은 무겁고 슬프지만 그래도 가끔은 성공적으로 실없는 작가들이 있다. 이 책으로 만족할 수 없다면 위의 작가들을 찾아 읽어도 좋겠다. 다음에 낼 책의 제목은 『아이스크림과 세계문학』이다. 아이스크림을 먹으면서 읽은 문학작품들에 대한 이야기가 될 것이고 권당 5백 페이지, 총 세 권이 나올 예정이다. 전례 없이 힘든 작업이라 마칠 수 있을지 걱정이다. 만약 책을 끝내지 못한다 할지라도 세계문학사에 큰 손실은 아닐 것이다. 다만 아이스크림을 좋아하는 사람들에게는 아쉬운 소식이 될 것 같다. 작가들은 놀라울 정도로 아이스크림에 대해 침묵해왔기 때문이다. 『아이스크림과 세계문학』이 그런 홀대를 종식시킬 수 있는 계기가 되었으면 좋겠다.

2020년 봄

정지돈

차례

작가의 말 6

그리고 이야기를 나눴다

당신들이 나를 좋아하지 않는다면
나도 당신들을 좋아하지 않겠다 …… 15

어느 서평가의 최후 …… 24

남산맨션 …… 30

바다의 왕은 장 팽르베 …… 37

프랑크 헨젤 …… 46

좋은 이웃 사람 …… 59

여행자

밤 여행 …… 69

기이한 삼각관계 …… 80

세 번째 남자 …… 91

작은 세계 …… 104

불안은 영혼을 잠식한다 …… 116

산책하는 침략자 …… 123

왜냐하면 우리의 인생은

이 작품은 허구이며 사실과 유사한 지명이나 상황은 우연의 일치임을 밝힌다 …… 133

보이지 않는 …… 140

지하 싱글자의 수기 …… 147

신과 함께 …… 172

당신 인생의 자기계발 …… 177

그리고 세상은 영화가 되었다 …… 189

서평가는 식은땀을 흘렸다.

자신의 글을 누가 보고 있었단 말인가.

그는 아무도 글을 읽지 않는다는 확신을 갖고 있었기 때문에

그런 서평을 썼다.

그리고 이야기를
나눴다

당신들이 나를 좋아하지 않는다면
나도 당신들을 좋아하지 않겠다

안드레아 마르티니Andrea Martini는 호텔 베인스에서 22년간 묵었다. 오랜 세월이었어. 마르티니는 생각했다. 이제 호텔은 죽어가고 있었다. 척추가 휘고 뼈마디에서 삐걱거리는 소리가 났다. 서서히 침몰하는 거대한 배, 수명이 다한 공룡이 바닷속으로 걸어들어간다. 고딕과 바로크 양식이 기묘하게 섞인 호텔의 전면부를 해변에서 바라보며, 참나무와 너도밤나무로 가득한 도로를 건너 아르누보풍으로 꾸며진 로비로 들어가는 길. 이곳에서 얼마나 많은 일을 겪고 많은 글을 쓰고 많은 감독과 배우를 봤던가. 처음 리도에 왔을 때만 해도 갓 서른이 넘은 전도유망한 영화평론가였지. 정확히는 기자라고 해야겠지만 말이야.

마르티니가 말했다. 그 시절 나는 아무것도 아니었다오. 나는 일개 영화광, 어쩌다 우연찮게 기자가 된 코르시카 출신의 촌뜨기, 죽기 직전의 페데리코 펠리니를 본다는 생각에 들뜬 햇병아리였지만 모두들 내 글을 좋아했어. 젊음이란 그런 것이라오, 라가초. 젊음은 아무도 무시할 수 없지. 무시할 때조차 무시당하지 않는 거라고 마르티니는 말하며 호텔 엑셀시오르의 해변 쪽으로 걸어갔다.

내가 호텔 베인스를 취재한다고 했을 때 사람들은 입을 모아 안드레아 마르티니를 찾아가라고 했다. 당신을 기다리고 있을 거요. 신탁을 받고 전령을 기다리는 사람처럼 안드레아 마르티니는 리도의 묘지에서 나를 기다리고 있었고, 우리가 만난 해변가의 성당에서 조금만 걸어가면 작은 규모의 공동묘지를 볼 수 있었다. 호텔에서 해변을 따라 북서쪽으로 걷습니다. 〈베니스에서의 죽음〉에서 루키노 비스콘티가 횡으로 길게 잡아 남유럽풍 휴양지의 아이콘이 된 스트라이프 패턴의 녹색 캐빈이 이어지고 그 끝에서 이곳이 모습을 드러내지요. 나는 바다를 바라보며 자신과 평화를 유지하고 언행과 침묵에서 책임감을 찾는 사람이지 싸움을 거는 사람은 아닙니다, 라고 마르티니는 말했다.

그는 짙은 눈썹에 짧게 자른 백색 머리를 한 전형적인 북부 이탈리아 노인으로 햇볕에 그을려 구겨진 호두 같은 얼굴을 하고 있었지만, 전 시대의 문학에서 영향을 받은 듯 고색창연한 어투로 말했다. 호텔의 역사에 대해, 토마스 만이 「베니스에서의 죽음」에서 호텔을 어떻게 다뤘는지에 대해 말했고 유구한 역사를 가진 유럽의 보물이며 20세기의 유산인 호텔 베인스를 상의도 없이 부동산 회사의 속물 부르주아지에게 팔아넘긴 베니스 당국을 비판했다. 토마스 만의 말처럼 그들에겐 싸구려 향수 냄새가 나지요.

마르티니는 유럽 문화의 가치에 대해 일장연설을 펼쳤지만 그게 내 관심사는 아니었다. 요즘 세상에 누가 토마스 만의 소설을 읽고 비스콘티의 영화를 본단 말인가. 1929년 디아길레프가 죽은 방! 422호! 내가 그 방에서 22년간 있었단 말이오! 흥분한 마르티니가 스트라빈스키의 음악처럼 갑작스레 소리쳤고 나는 녹음기를 끄고 싶은 충동을 느꼈다. 마르티니는 나

GRAND HOTEL DES BAINS
1900 – 2010

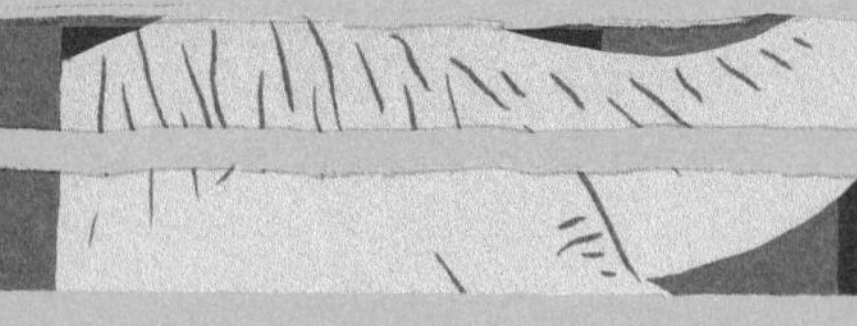

를 근대건축문화유산을 팔아넘긴 시 당국을 고발하기 위해 온 기자로 생각하는 것 같았다. 이 사실만 봐도 그의 정신이 온전치 못하다는 걸 알 수 있다. 나는 오리아나 팔라치가 아니다. 나는 한물간 종이 잡지의 기자일 뿐이다. 편집장이 원하는 건 무너지기 직전의 호텔에 출몰하는 유령과 폴터가이스트 현상, 엑토플라즘을 내뿜는 영매에 대한 과장되고 으스스한 기사였다. 물론 이 사실을 마르티니에게 말했다간 바로 엉덩이를 걷어차이겠지. 나는 그를 구슬려 호텔에 들어가야 했다. 그러려면 그가 중얼거리는 영화제의 역사에 귀를 기울여야 했다. 1987년 모리스 피알라가 〈사탄의 태양 아래서〉로 칸영화제에서 황금종려상을 받았지. 그 전설적인 자리에 내가 있었소. 모리스는 카메라를 향해 손가락질하며 말했지. 당신들이 나를 좋아하지 않는다면, 나도 당신들을 좋아하지 않겠다.

호텔 베인스는 1900년에 지어졌고 유럽 상류층이 가장 사랑한 호텔이었다. 베니스영화제, 비엔날레의 명사들이 묵었고 시상식이 열렸다. 몰락은 1973년 제1차 오일 쇼크 때 시작됐다. 부호들은 발길을 끊었고 싸고 쾌적한 동남아로 떠났다. 1975년 유령을 목격한 사람이 처음 나왔다. 그것도 루키노 비스콘티의 유령을 본 사람이. 이상한 것은 루키노 비스콘티가 1976년에 죽었다는 사실이다. 어떻게 죽기도 전에 유령이 되지? 나는 마르티니에게 농담을 건네듯 말했는데 마르티니는 정색을 하고 대답했다. 그게 바로 그가 거장이라는 증거요. 비스콘티는 종종 유체 이탈을 했다고 합니다. 끝없이 이어지는 방과 방 사이를 트래킹 숏으로 이동하듯 부드럽게 통과하는 것이지요. 네…… 나는 고개를 끄덕이며 생각했다. 이 노인…… 정상이 아니군.

호텔 베인스는 폐쇄된 상태라 관계자 외에는 들어갈 수 없었다. 마르티니도 마찬가지였으나 몰래 마련해놓은 뒷구멍이 있었다. 나는 자정 무렵 비린내가 진동하는 지하 수로를 통과해 호텔로 들어갔다. 축축한 벽에는 이끼가 가득했고 어디선가 물이 뚝뚝 떨어졌다. 마르티니는 손전등을 켜지 말라고 했다. 불빛이 보이면 부동산 회사의 하수인들이 눈치챌 것이오. 나는 미끌미끌한 어둠 속을 더듬거리며 천천히 걸음을 옮겼다. 지상으로 올라왔을 때 호텔의 커다란 창밖으로 달빛이 보였고 인간의 손이 닿지 않아 황폐해진 정원의 나무들이 밤바람에 흔들리는 모습이 보였다. 건물 전체에서 고요히 진동하는 미세한 맥박이 느껴졌다. 여기 확실히 이상하군요. 내가 속삭이자 마르티니가 걸음을 멈추고 나를 돌아봤다. 크고 오래된 건물은 모두 이렇지요. 골조가 서서히 침식되는 것뿐이오. 그는 빠른 걸음으로 호텔의 로비를 통과해 계단을 올랐다. 눈을 감고도 길을 찾을 수 있을 정도로 익숙한 모습이었다. 마치 다리가 없는 사람 같아. 나는 생각했다. 그때 문자가 왔다. 편집장이었다.

취재는 잘되고 있어?

좋아요. 제 최고의 기사가 될 것 같은 예감입니다.

잘됐네. 마르티니라는 사람이 죽었다는 소식에 걱정했는데.

네?

그 작자 두 달 전에 목을 맸더군. 호텔을 허무는 데 저항한다는 의미로 말이야.

그럴 리가요. 지금 같이 있는데…….

문자를 보내는 손이 떨리기 시작했다. 문자 창에 편집장의 말줄임표가 떴다. 바로 옆에서 마르티니의 숨결이 느껴졌다.

곧 문자가 왔다. 편집장이 보낸 링크였다. 클릭하니 지방 신문에 난 마르티니의 죽음에 대한 기사와 희미하게 처리된 목을 맨 사진이 보였다.

섬찟한 기분에 고개를 들었는데 눈앞에 문이 있었다. 422호. 문이 확 열리면서 누군가 나를 강하게 밀었다. 나는 크게 휘청이며 바닥에 쓰러졌다. 몸을 일으키려 했으나 뭔가가 강하게 짓누르는 게 느껴졌다. 마르티니…… 나는 힘을 짜내 그를 불렀으나 아무런 답이 없었다. 활짝 열린 창문으로 바닷바람이 불어오고 있었다. 고개를 들어 겨우 위를 봤는데 천장에 뭔가 매달려 흔들리고 있었다. 목을 맨 마르티니였다. 마르티니가 눈을 부릅뜨고 내려다보고 있었다. 나는 정신을 잃었다.

다음 날 아침 쓰러져 있는 나를 부동산 업자들이 발견했다. 사유지 침입죄로 벌금도 물었다. 그렇지만 마르티니 덕분에 기사를 쓸 수 있었고 운 좋게도 이 기사가 국제적인 화제를 모아 호텔 베인스 재건축 건은 무기한 연기되었다. 나중에 알게 된 사실이지만 마르티니는 유서에 당신들이 나를 좋아하지 않는

다면 나도 당신들을 좋아하지 않겠다, 라고 썼다고 한다. 이 말을 정말 모리스 피알라가 했는지는 모르겠다.

어느 서평가의 최후

그는 결국 서평에 자신의 이야기를 쓰기 시작했다. 고골의 「외투」에 대한 서평에는 백화점에서 구스다운을 산 이야기, 마이클 루이스의 『머니볼』에는 LG트윈스에 대한 이야기, 카프카의 『소송』에는 건강보험료 이야기를 썼다. 그의 서평은 극심한 비난에 휩싸였지만(책 이야기를 해주세요! 서평란이 잡담란입니까!) 편집장은 서평란 따위에 신경을 쓰지 않았기 때문에 어떤 비난이 있는지 알 수 없었다. 극심한 비난이라고 해봤자 열 명 내외의 트위터리안에 불과했다.

그의 서평은 날이 갈수록 자기고백적이고 기괴한 형상으로 변해갔다. 『지하생활자의 수기』의 주인공이 서평으로 화한다면 아마 이런 모습일 것이다. 이상한 일은 다음이었다. 서평이 기괴해질수록 마니아층이 늘기 시작한 것이다. 사람들은 자기혐오적이고 비관적인 서평에 열광했고 그가 기고하는 잡지의 구독률은 기하급수적으로 치솟았다. 그가 기고하는 잡지는 시사주간지로 후원자들에 의해 근근이 생명을 유지하는 곳이었는데 갑작스런 정기구독자의 증가에 담당자들은 당황했고 증가의 요인이 서평이라는 사실을 알고 난 뒤에는 더욱 당황했다.

서평가만이 이 사실을 모르고 있었다. 그는 서평에 대한 믿음을 잃었고 책의 내용을 전달하거나 사람들을 설득한다는 게 불가능하다는 사실을 깨달았기에 그저 자신의 삶을 마구잡이로 쓸 뿐이었다. 그러니까 그는 서평으로 자서전을 쓰고 있었다.

얼마 지나지 않아 주요 출판사들의 게시판은 서평가의 팬들에 의해 도배되기 시작했다. 서평가의 서평집을 내달라고 아우성을 치는 글들이었다. 서평가는 식은땀을 흘렸다. 자신의 글을 누가 보고 있었단 말인가. 그는 아무도 글을 읽지 않는다는 확신을 갖고 있었기 때문에 그런 서평을 썼다. 그의 서평에는 그의 내밀한 사정이 모두 담겨 있었다. 처음 기른 개가 죽은 이야기, 엄마의 심부름으로 프라이팬을 사러 갔다가 게임보이를 산 이야기, 아버지가 밥상을 엎고 집을 나간 이야기, 친구의 여자친구의 담배를 훔친 이야기, 고속도로 톨게이트 앞에서 술에 취해 춤을 춘 이야기 등 부끄러운 이야기들이 즐비했다.

그러나 단행본 제안은 수락했다. 어차피 책 아닌가. 단행본으로 나오면 사람들은 더욱 자신의 글을 읽지 않을 것이 뻔했다. 아무도 책을 읽지 않는 세상에 책이 나온다는 사실도 신기했고 게다가 그 책이 책에 대한 책이라니! 그는 책을 냈다.

잡지에서 평소와 다름없이 서평 청탁이 왔다. 그는 메일에 첨부된 청탁서를 열어보는 순간 깜짝 놀라고 말았는데 그건 이번 호 서평 대상 책이 자신의 책이었기 때문이다. 그는 담당자에게 전화를 걸었다.

제 책에 대한 서평을 쓰라는 말입니까.

확실히 흥미로운 일이군요. 서평가가 자신의 서평을 묶은 책의 서평을 쓰다니. 그러나 못할 것도 없지요. 마감일은 다음 주

입니다.

담당자는 재빠르게 전화를 끊었다.

서평가는 고민했다. 내가 내가 쓴 서평을 모은 책의 서평을 쓰는 일이 도덕적으로 윤리적으로 미학적으로 타당한가. 그는 자신이 존경하는 외팔이 영화평론가에게 전화를 걸었다.

외팔이 영화평론가는 마감을 지키지 않으면 자신의 팔을 잘라서 보내리라는 준칙을 가지고 있던 사람으로 어느 날 쏟아지는 청탁으로 인해 마감을 어기게 되었다. 해당 잡지사에는 그의 왼팔이 랩에 둘둘 싸여 택배로 도착했다. 평론가는 외팔이 된 이후 영화평론을 접고 영화감독의 길을 걷게 되었으며 지금은 한국의 영화평론가에 대한 다큐멘터리를 찍고 있었다.

제가 제 책의 서평을 쓰는 게 옳은 일일까요.

저는 다큐를 완성하고 나면 다시 영화평론을 할 생각입니다. 첫 평론 작품은 제 영화가 될 것입니다.

영화평론가는 내가 아니면 누가 나에 대해서 말할 것인가, 라고 말했다. 우리는 나르시시즘의 시대에 살고 있습니다. SNS는 시대의 징후이며 휴대폰은 시대의 페티시입니다. 나르시시즘 – 휴대폰 – SNS는 영화감독 – 영화 – 영화평론이며 동시에 서평가 – 서평 – 서평집이라는 뫼비우스의 띠를 이룹니다. 서평집에 대한 서평은 순환의 화룡점정입니다.

결국 마감일이 다가왔고 서평가는 책상 앞에 앉아 밤을 새우며 서평을 썼다. 자신의 서평집을 보는 일은 그의 삶을 돌아보는 일이었다. 그는 자신의 삶을 반성했고 분석했으며 평가를 내리는 글을 썼고 그 글은 그의 책에 대한 서평이었다. 그러면 내 삶은 한 권의 책인가. 서평가는 생각했다. 그는 처음으로 자신이 쓴 서평에 만족했고 처음으로 자기혐오에서 벗어나 행복감을 느낄 수 있었다.

안타까운 건 독자들이 그의 새로운 서평을 마음에 들어하지 않았다는 사실이다. 그의 서평은 인기를 잃었고 잡지의 구독률은 떨어졌으며 얼마 지나지 않아 서평란은 폐지되었다. 서평가는 일자리를 잃었고 그의 서평집은 아무도 보지 않는 서가의 구석에 처박혔다. 서평가는 서평을 접고 소설을 쓰기 시작했다. 자신의 삶에 대한 소설로 제목은 「어느 서평가의 최후」였다.

남산맨션

지난여름 남산맨션 1층에 있는 보마켓에 매일 들렀다, 고 하고 싶지만 그러지 못했다. 남산맨션에 살았다면 매일 들를 수 있었을 텐데. 친구에게 말했고 친구는 고개를 끄덕였다. 우리는 남산맨션 앞 건널목에 서서 한 동짜리 건물을 바라보았다. 정문으로 차가 드나들었다. 평범하지만 운치 있는 장면이다. 여기 김수근이 지었어. 내가 말했고 친구는 얼마냐고 했다. 찾아볼까. 휴대폰으로 검색해보니 40평에 9억. 9억이면 괜찮네. 김수근이 지은 것치고 싸네. 우리는 무의미한 대화를 나눴고 그동안 신호등은 계속 빨간불이었다. 근데 왜 신호 안 바뀌어? 알고보니 보행자 작동 신호등이었다. 뒤에 온 트레이닝복을 입은 남자가 버튼을 눌렀고 곧 파란불이 켜졌다.

보마켓에는 다른 친구가 아르바이트를 하고 있었다. 다른 친구가 일하고 있는 보마켓에 처음 가게 된 건 다른 친구와 사귀는 친구와 한강진역에서 우연히 마주쳤기 때문이다. 친구는 시간 되면 커피 마실래요, 라고 했고 처음 보는 길로 나를 데리고 갔다. 보통 한강진역에서 이태원 방향으로 가야 카페나 뭐가 나오는데 친구는 반대 방향으로 향했다. 수풀이 우거져 잘 보이지 않는 좁은 길이었다. 중간에 남산예술원 웨딩홀이라는 간판이 보였다. 남산맨션 1층에 있는 보마켓에서 친구가 일해요. 친구가 말했다.

나는 보마켓에서 친구들과 에그 샌드위치를 먹으며 커피를 마셨고 보마켓과 사랑에 빠졌다. 보마켓의 마스코트인 프렌치 불독 '장미'를 산책시켜주기도 했고 다음 날은 또 다른 친구와 테라스에 앉아 화이트 와인을 마시기도 했다. 테라스엔 테이블이 두 개밖에 없고 늘 비어 있어 좋았다. 가끔 동네 주민처럼 보이는 사람들이 앉아 있기도 한데 차림이 세련된 분들이라 눈이 즐거웠다. 나와 친구는 와인을 마시고 붉어진 얼굴로

NAMSANMANSION

남산맨션 주위를 걸었다. 김수근이 지은 거라 뭔가 다르지 않아? 내가 말했고 친구는 아파트를 한참 올려다봤다. 평범한데. 위치도 좋고 1층 상가의 분위기도 좋지만 아파트는 평범하다고 했다. 나는 왠지 발끈하는 기분이 들어 로비로 성큼 걸어가며 입면과 기둥, 바닥을 가리켰다. 이걸 보라고, 김수근이라니까! 사실 김수근을 좋아하지도 않고 친구의 말을 들으면서 그러게, 1990년대 홍콩 분위기도 나고 아피찻뽕 영화 느낌도 나지만 특별한 건 없지, 라고 생각했는데 그냥 알려지지 않은 힙플레이스를 소개했다는 생색을 내고 싶어 우겼던 것 같다. 친구는 대충 고개를 끄덕여줬다. 특이하네. 그래! 원래는 1972년에 호텔로 지어진 건물인데 아파트가 된 거라고! 알 만한 사람들 사이에서 소문이 자자해!

실제로 여러 매체에서 남산맨션을 다뤘다. 대부분은 패션지로 남산맨션에 사는 디자이너나 예술업계 종사자의 집을 소개해주는 기사였다. 기사 앞머리에는 복사해서 붙인 듯한 다음과 같은 소개가 이어진다. 1972년 김수근 건축가가 지은 건물로 독특한 내부 구조와 레트로한 무드를 자랑하는……. 남산맨션 펜트하우스에 있다는 한남클럽에 대한 경세지 기사도 있다. 1970년대 초반에 만들어진 상류 1퍼센트를 위한 멤버십 클럽으로…….

구글에 '남산맨션 김수근'이라고 쳤다. 여러 기사와 부동산 소개 글 가운데 어떤 건축가가 쓴 블로그가 눈에 들어왔다. '김수근이 지은 남산맨션은 건립 연도가 1965년이다. 현재의 남산맨션이 그가 지은 것인지는 검증이 필요하다……' 혹시 하는 마음에 김수근 재단에 들어가 작품 목록을 보니 정말 1965년에 남산맨션을 지은 걸로 나온다. 소개는 아래와 같다.

연도_ 1965

위치_ 용산구 이태원동 258-59

1960년대 중반에 외국인을 위한 공동 주거로 설계된 이 건물은 남산과의 조화를 위하여 도로면에서 바라볼 때 계단식으로 후퇴시키는 기법을 사용하여 독특한 외관을 보여준다. 총 16호의 단층, 복층 주거와 주차 공간을 수직으로 교묘하게 결합한 매우 복잡한 단면 형식을 취하고 있다.

사진에서 보이는 발코니 역시 현재의 남산맨션과 다르고 주소를 확인하니 위치도 다르다. 김수근이 지은 남산맨션은 현재의 남산야외식물원 쪽에 있었다. 어떻게 된 걸까?

네이버 뉴스 라이브러리를 뒤져보니 쉽게 답이 나왔다. 1971년 7월 19일자 〈경향신문〉 기사. '서울 새 풍속도, 서울의 새 명물 남산맨션'. 한미합작투자로 세워지는 국내 최초의 호텔 아파트먼트라는 내용이다. '우리네 실정으로는 상상조차 할 수 없는 그야말로 딜럭스맨션의 기념비적 건물…… 설계자는 미국에서 활동 중인 교포 박관도 씨'. 그러니까 김수근이 지은 건물이 아닌 거다.

나는 친구에게 전화를 걸었다. 새벽 2시였다. 왜? 남산맨션…… 김수근이 지은 거 아니래. 우리는 잠시 시시콜콜한 이야기를 주고받았다. 그래도 분위기는 좋잖아. 몰라, 이제 안 갈래. 김수근 좋아해? 아니……. 건물은 이탈리아가 짱인데. 로마에 있는 아파트 가봤어? 어쩌고저쩌고…… 남산맨션의 원래 이름은 호텔 코리어너다. 그렇다면 원래의 남산맨션은 어떻게 된 걸까. 남산에 있던 외인아파트 등은 1994년 남산제모습

찾기사업 때 헐렸는데 그때 같이 사라진 걸까.

아무튼 보마켓 에그 샌드위치 진짜 맛있었는데. 친구가 말했고 나는 건물이 평범하다고 말한 친구의 눈이 정확하다고 했다. 친구는 평범해서 좋다는 뜻이었다고 말했다. 하지만 평범한 아파트도 못 사. 하……. 나는 한숨을 쉬었다. 모든 대화의 끝은 돈 이야기다. 한숨 좀 그만 쉬어. 친구가 말했다.

바다의 왕은 장 팽르베

장 팽르베Jean Painlevé의 할아버지인 레옹 팽르베와 증조할아버지인 장 바티스트 팽르베는 모두 석판 인쇄공으로 보잘것없는 인생을 살았지만 프랑스혁명을 지지했고 나폴레옹을 좋아했다 싫어했지만 아들 또는 손자에게 독서 습관과 함께 글재주를 물려줘 장 팽르베의 아버지인 폴 팽르베는 어린 시절부터 발군의 필력을 자랑했다. 특히 수학과 과학 분야의 에세이는 천재적이어서 고등 사범학교를 거쳐 에콜노르말의 수학 교수가 되기까지 조금의 난관도 겪지 않았으며 1900년에는 아카데미데시앙스의 회원이 되었다. 그는 이듬해 아버지의 소개로 화가 조르주 클라랭의 조카인 마르그리트 빌뇌브와 결혼하지만 그녀는 결혼 1년 만에 아들인 장 팽르베를 낳다 숨을 거두었고 그래서 장 팽르베는 엄마에 대한 기억이 전혀 없는 아이로 자랐다. 그는 아버지가 자신에게 관심이 없거나 자신을 미워하는 이유가 어머니의 죽음 때문이라고 믿었고 학교 친구들이 자신을 따돌리는 이유는 아버지 때문이라고 믿었는데 그건 그와 같은 사연을 지닌 소년이라면 누구나 할 법한 생각이었다. 실상 폴 팽르베는 20세기 들어 군사 기술과 항공 기술로 관심을 돌렸고 수학자로서의 재능과 명성을 이용해 1908년 라이트 형제의 첫 번째 프랑스인 승객이 되었으며 1910년에는 라탱 지구의 의원으로 선출되어 항공 군사 정책을 국가에 도입하느라 아들에게 신경 쓸 여력이 없었다. 그는 이후 두 번의 총리직을 역임하고 영불 합작 소나 개발 계획을 추진했으며 마지노 요새를 건설하는 등 별짓을 다했지만 지지를 받지 못했고 아들이 동료들인 초현실주의자와 다다이스트 들에게 놀림받는 계기만 만들어주었지만 오히려 그런 놀림이 장 팽르베의 기이한 관심사와 창조력에 이상한 후광을 더해주어 전화위복이랄까 그런 게 된 측면도 없지 않지만 20세기 후반 이후 극

도로 희미해진 장 팽르베의 명성을 생각해보면 전화위복이라고까지 할 순 없을 것 같다는 생각도 든다. 장은 그다지 반항적인 소년은 아니었지만 아버지가 삶에 끼치는 영향력이 싫었고 그래서인지 수학에선 늘 낙제점을 받았는데 그렇다고 그가 수학을 일부러 못하려고 한 것은 아니었다. 그는 늘 패턴과 형태에 관심이 많았고 형태가 패턴으로 드러나거나 패턴이 형태를 만드는 모습을 사랑했는데 그것을 수학적으로 규명할 생각보다는 그것을 지켜보고 지켜보고 지켜보는 것을 훨씬 더 선호해 틈만 나면 브르타뉴의 해변가로 달려가 잠수를 했고 물속을 걸어다니며 온갖 종류의 해양생물들의 패턴과 형태를 지켜보았다. 그의 동료인 초현실주의 시인인 이반 골은 장 팽르베의 그런 취미를 흥미로워해 그를 데리고 다니며 네가 보는 것들을 기록해야 해, 자연은 수학이자 과학이며 신화를 창조하는 최적의 도구야, 라고 이야기했지만 장은 이반 골이 쓴 『새로운 오르페우스』나 그가 번역한 『율리시스』에 별 흥미를 느끼지 못했고 그럼에도 친구니까 같이 잡지를 만들고 어울려 놀았지만 이반 골은 어쩐지 자신을 움츠러들게 한다고 생각했고 배우와 대사, 무대 장치, 내러티브는 엉터리다, 그것은 날조된 진실이다, 라고 말하고 다니는 이반 골의 생각에만 동조했다. 바다 밑에서는 아무도 말을 하지 않고 움직임과 파동만으로 삶을 유지하는데 왜 이야기가 필요한 것일까, 왜 사람이 필요한 것일까, 그는 생각했고 그러나 자신의 생각을 앙드레 브르통 같은 현란한 초현실주의 시인에게 설명할 길이 없어 입 닥치고 조르주 프랑주나 장 비고, 에드가르 바레즈나 루이스 부뉴엘 같은 이들과 어울리며 영화나 음악에 대한 관심을 키워나갔다. 그는 에드워드 머이브리지나 에티엔 쥘 마레, 장 코망동이 찍은 말과 새, 매독균 따위를 보는 게 좋았다. 부뉴엘과 함께 〈안달루시아의 개〉를 찍기도 했지만 이건 개에 관한 영화가 아니잖아, 루이, 당나귀를 왜 피아노에 올려놓는 거지, 루이, 초현실적인 몽타주는 나와 맞지 않아, 생물은 그 자체로 초현실적이고 나는 물속에서 늘 꿈을 꾸는데 왜 또다시 꿈을 꾸어야 할까, 해저에선 이미 시간의 의미가 분쇄되고 파도와 바람, 태양과 달, 어둠과 빛이 분해되어 세포 속의 공기처럼 입자 속의 파동처럼 존재와 함께 존재하게 되는데 왜 다른 걸 꿈꿔야 할까, 몽타주란 무엇일까 생각했지만 그들이 대세고 그들은 뛰어나니까 그냥 닥치고 있어야겠다고 생각했고 1927년부터 카메라를 들고 바닷속으로 들어가서 걷기 시작한 이후로는 단 한 번도 바다 밖으로 나오지 않았다.

장 팽르베는 1930년 과학영화연구소를 설립하고 2백 개가 넘는 과학영화 필름을 제작했는데 그중에는 연구 자료로 쓰인 〈혈액 연구〉(1932), 〈색채 실험〉(1935), 〈피부와 대적혈구 배양〉(1935), 〈닭 배아의 심장 배양〉(1935) 등 수많은 실험영화가 있지만 지금에 와서는 실용적으로나 미학적으로 거의 아무런 가치가 없는 작품들로 기록물도 아니고 영화도 아닌 애매한 취급을 받거나 거의 아무런 취급도 받지 못하고 있다. 앙리 랑글루아는 1954년 취리히에서 열린 아방가르드 영화제에서 장 팽르베를 다큐멘터리 감독이 아니라 아방가르드 감독으로 호명했는데 이는 그의 영화가 연구 목적과 아무 상관없는 대상에 대한 맹목적인 도취, 비체계적인 관찰로 이루어져 있었기 때문이었으며 실제로 기술이 발전한 이후에는 그가 찍은 해마

나 문어, 성게, 물벼룩 등은 해양생물 연구에 거의 아무런 도움이 되지 못했지만 최초의 해양생물 과학영화를 찍고 스스로가 개발한 카메라를 들고 해안가를 떠돌며 잠수부이자 감독으로서 평생 열정을 불태웠다는 사실이 소수의 마니아를 자극해 BBC에서는 〈과학은 픽션이다〉(2007)라는 DVD를 발매했고 웨스 앤더슨은 〈스티브 지소와의 해저 생활〉(2004)을 만들었으며 요 라 텡고는 〈과학의 소리에 대한 소리〉(2002)를 만들어 그를 추억했다. 그러나 그가 만든 영화들이 현재 내셔널 지오그래픽이나 BBC, NHK에서 나오는 다큐와 비교해서 볼 만한 게 될 수는 있으나, 그가 담은 것들은 당시의 문화나 사회상이 아니었고 그때나 지금이나 해양생물들은 변한 게 없는데 그의 작업은 어디로 가고 있는 걸까. 그는 절대영화를 주창하며 형태와 패턴, 조형미에 심취했지만 그가 담은 저화질의 아름다움이 그가 아름다움을 담으려고 했다는 사실에서 느껴지는 아름다움 이상의 아름다움을 가진다고 말할 수 있을까. 나는 그의 영화를 보며 그는 바닷속에서 뭘 한 걸까, 열정이란 아무것도 보장해주지 않으며 우리는 다만 죽기 전까지 죽지 않기 위해 노력하는 것뿐이거나 시간이 지나면 시간의 흐름에 생물학적으로 동참했었다는 것 말고는 아무런 의미도 없는 일에 시간을 쏟는 것 아닐까, 라는 생각을 했다. 장 팽르베는 해마의 생식 과정을 찍은 최초의 사람이었고 해마는 수컷이 임신하는 유일한 동물로 매년 열다섯 번 이상 임신을 하며 평생을 보내는데 출산 직후 바로 재임신을 하는 것으로 알려져 있다. 수컷이 임신해 있는 동안 암컷은 아침마다 한 번씩 찾아와 수컷 주변에서 춤을 추다 사라진다. '프로젝트 해마'의 회원인 맥길대학의 사라 로리는 해마를 스몰 피스, 작은 평화라고 부르며 해마는 느리고 무능력하고 신비한 생명체라고 했고 나는 인간도 수컷이 임신을 해야 한다, 그러면 많은 문제가 해결될 것이다, 라는 생각을 했다고 친구에게 말하며 해마와 장 팽르베에 대한 이야기를 나눴다.

프랑크 헨젤

프랑크 헨젤Frank Hensel은 기묘한 사람이었다. 제2차 세계대전이 발발 초기에 프랑스인들에게 '기묘한 전쟁'이라고 불린 것처럼, 전형적인 게르만인이자 나치 당원인 프랑크 역시 기묘했다. 1934년 제국필름 아카이브가 육군 소령 프랑크 헨젤을 파리로 급파했을 때만 해도 조르주 프랑주는 그를 다소 뻣뻣하고 경직된 사람이지만 미남에 호감형이라고 생각했다. 반면 앙리는 그를 투명인간형 인간이라고 했다. 생각은 하지만 말은 하지 않고 시키는 건 하지만 먼저 움직이지 않는 인간. 보는 건 좋아하지만 보러 가는 건 좋아하지 않는 작자.

시켜먹기 좋겠군.

앙리는 본래부터 독재자 같은 구석이 있었고 사람들을 부려 먹기 좋아했다. 소파나 침대에 누워 단 것을 잔뜩 먹으면서 기름진 손가락으로 노트의 이곳저곳을 가리키며 말했다.

서둘러!

물론 본인은 한 발짝도 움직이지 않았다.

앙리는 날이 갈수록 살이 쪘지만 프랑크 헨젤과 조르주는 전혀 살이 찌지 않았다. 살이 찔 자격이 있는 사람은 몇 명 없어. 장 르누아르, 알프레드 히치콕, 장 가방, 그리고 나. 앙리 랑글루아. 그의 몸은 그렇게 말하는 것 같았고 프랑크 헨젤은 이렇다 반문하지 않았다.

영국인 어머니와 독일인 아버지 사이에 태어난 프랑크는 여행과 영화를 좋아했다. 그래서 제국 운수성과 필름 아카이브에 자원했고 유럽을 돌아다니며 버려진 필름과 포스터, 촬영 소품 등을 수집했다. 영화란 본래 돌아다니는 것에 관한 것이고 여행은 본래 수집하는 행위를 말하는 것입니다. 이동과 아카이빙. 프랑크는 훗날 나치 전력을 숨기고 서커스단을 운영하며 쓴 일기에 자신의 생각을 기록했으나 출간되지 않았다고 조르주는 말했다. 그의 일기에 치명적인 비밀이 있다거나 그런 건 아닙니다. 그저 못 썼을 따름이지요. 프랑크는 국제 필름 아카이브 연맹에서 함께 활동할 때도 영화 보는 눈이 없기로 소문이 났다. 물론 앙리는 그런 걸 신경 쓰지 않았다. 우리의 목표는 그저 영화를 수집하는 것이었지 좋은 영화를 수집하는 게 아니었습니다. 게다가 좋은 영화라니, 그런 걸 알아볼 수 있나요. 앙리는 푀이야드가 수십 년 동안 삼류 감독 취급받았다는 사실을 언급하며 10년 된 삼류 영화는 있어도 50년 된 삼류 영화는 없다고 했지요.

어쩌면 프랑크 헨젤이 투명인간이 된 건 그의 기묘한 어리숙함이나 둔함 때문인지도 모른다. 외모나 이력을 봤을 때 모자랄 게 없는 사람인데도 불구하고 그와 함께 있으면 사람들은 우쭐해짐을 느꼈고 대화가 시작되면 그를 제쳐놓았다. 프랑크 본인도 그런 일에 익숙했다. 게다가 그는 파리 점령기에 시네마테크 프랑세즈를 도와 수천 개의 영화필름을 빼돌렸는데, 조금 과장해서 죽음을 각오하지 않고는 할 수 없는 짓이었다. 그가 그런 일을 한 건 단지 좋아해서였다. 영화를 좋아하니까.

사람들은 수수께끼라고 생각했다. 루이 푀이야드나 르네 클레르, 그리피스와 슈트로하임이 레오나르도 다빈치나 들라크루아도 아닌데 목숨 걸고 지킬 필요까지야! 저 독일인은 조금 미쳤군. 그나마 다행인 건 나치들이 옛 필름에 관심이 없었다는 사실이다. 땔감으로 쓰면 모를까.

샤요궁이 창고로 사용되었다. 열쇠를 가진 사람은 조르주와 앙리 둘뿐이었다. 프랑크는 수많은 필름을 빼돌리는 데 협조했지만 공적으로 이곳에 속하지 않아야 한다고 했다. 나는 모르는 일이네. 두 사람이 알아서 하게.

조르주는 시간이 지날수록 프랑크 헨젤의 정체가 궁금해졌다. 전쟁은 1941년, 1942년을 지나며 점차 격해졌고 1943년에 이르자 그나마 안온했던 파리의 분위기는 온데간데없었다. 레지스탕스의 활동이 폭발적으로 일어났고 나치 SD는 살벌한 표정으로 사람들을 잡아갔다. 이 판국에 프랑크는 대체 뭘 하는 걸까. 육군 소령이라는 저 치는 총이라도 쏴본 적 있나. 조르주가 보기에 프랑크의 애국심은 명백했다. 심지어 히틀러를 조금은 존경하기까지 했다. 한번은 유대인에 관해 조르주가 넌지시 물어본 적이 있다(물론 그때는 다들 홀로코스트의 존재를 확신하지 못했다). 유대인 말이야, 어떻게 생각해? 프랑크는 단호히 고개를 저었다. 유대인들이 고생하고 있다는 건 인정하네. 하지만 그들 민족은 구제불능이네. 조르주는 소름이 돋았다. 이 작자는 우리를 돕지만 언제라도 체포할 수 있겠군.

어쩌면 프랑크 헨젤은 이중 첩자인지도 몰라. 우리를 돕는 척하지만 정보를 빼내고 있는 거라고.

조르주는 앙리에게 말했다. 앙리는 대답했다.

무슨 정보? 푀이야드의 〈팡토마〉는 걸작이다? 샤요궁의 지하는 엡스탱과 그리피스, 슈트로하임의 영화로 가득하다?

점령기 파리에는 분야별로 프랑스를 도왔던 독일인들이 있다. 루브르의 미술작품을 보호한 메테르니히 백작, 갈리마르와 출판의 수호자인 특무장교 게르하르트 헬러. 조르주는 둘을 만나봤고 둘은 모든 면에서 충분히 납득 가는 인물이었다. 이들은 겉만 독일인이지 뼛속까지 프랑스인이거나 유럽의 자식이다. 히틀러를 천박한 무식쟁이로 생각했고 유대인들의 처지를 딱하게 봤다. 취향은 어찌나 고급스러운지! 헬러가 자신보다 프랑스 소설을 많이 읽었다는 사실에 조르주는 손발을 다 들었다.

니가 읽은 소설이 쥐콩만큼이라서가 아니고?

로테 아이스너가 말했다. 조르주는 로테 역시 자신보다 많은 프랑스 소설을 읽었다는 사실을 겸허히 인정했다. 하지만 프랑크가 소설을 읽지 않는다는 사실은 변함없지. 프랑스 소설뿐 아니라 그 무엇도! 프랑크가 예술에 관해 이야기를 하는 경우는 거의 없었다.

곰곰이 생각해보니 그가 영화를 보는지도 의심스러워.

조르주는 경악했다. 늘 프랑크의 취향이 재앙에 가깝다고, 좋게 봐서 쑥대밭이라고 생각했는데 그건 단지 그가 영화를 보지 않고 지껄였기 때문이야. 그가 말한 영화들의 제목을 보라고. 정말 외우기 쉬운 영화들이잖아?

로테와 앙리는 조르주의 가설을 지지하지 않았다. 사실 조르주의 취향도 썩 훌륭한 편은 아니라는 말은 하지 않았다.

로테는 전쟁이 발발하고 귀르의 수용소에 갇혔고 이후 몽펠리에로 도망쳐 숨어 살다가 다시 피지악으로 도망쳤다. 한번은 앙리가 니스에 가서 마담 장 부알리에가 가지고 있는 필름을 확인해달라고 얘기했지요. SD에게 쫓기는 독일 출신의 유대인 중년 여자한테 말입니다. 대체 어떻게? 저는 당시 몽펠리에에 숨어 살았고 옥수수 전분과 하루 한 컵의 물 말고는 식사도 하기 힘들었어요. 그런데 앙리는 걱정 말라고 하더군요. 구세주가 갈 거라고.

제가 살던 곳은 기타르라는 노부인의 집으로 그녀는 제1차 세계대전으로 남편을 잃고 홀로 살던 중이었어요. 앙리에게 연락을 받고 3일이 지난 뒤였나, 나치 군복을 입은 사내가 문을 두드렸고 기타르 부인은 심장마비에 걸릴 뻔했습니다. 알고 보니 프랑크 헨젤이었죠. 저도 기타르 부인도 나치 군복이 올 줄 몰랐어요. 레지스탕스나 비슷한 뭔가가 올 줄 알았던 거죠. 저는 프랑크의 차를 타고 니스로 향했습니다. 그는 육군 소령이었고 검문소를 손바닥 뒤집듯 손쉽게 통과했어요. 그가 물었죠.

마담 장 부알리에의 성에 무슨 필름이 있답니까?

〈위대한 독재자〉와 소비에트 영화 몇 개요.

저는 말하고 난 뒤 아차, 하는 생각이 들었답니다. 〈위대한 독재자〉라니요! 찰리 채플린의 그 풍자적인 영화를 감히 나치 앞에서 지껄이다니! 그가 아무리 프랑크 헨젤이라고 해도 말입니다.

프랑크는 차창을 내렸어요. 그리고 담배를 피워 뭅니다. 저는 장 르누아르의 영화를 보는 것 같은 착각에 빠졌어요. 차는 〈위대한 환상〉에 나오는 마을을 향해 전진하고 있는 것처럼 느껴졌고 동정심과 죄책감, 의무감이 뒤섞인 독일 장교는 역사와 인류에 대해 생각합니다. 사소한 한 걸음에 불과한 일도 인류 역사에 큰 영향을 미칠 수 있다, 뭐 그런 걸까요?

프랑크는 저에게 베르코르의 『바다의 침묵』을 봤냐고 묻더군요. 저는 잠시 고민했습니다. 레지스탕스의 상징적인 소설을 봤냐고 나치에게 질문받으면 어쩌겠어요? 덫일까요, 화해의 제스처일까요. 저는 될 대로 되라고 생각했죠. 봤어요, 물론이죠. 제가 말했습니다. 잠시 침묵이 흘렀고 프랑크가 입을 열었습니다. 소설에 나오는 나치 장교와 노인의 대화를 보면 많은 게 떠오릅니다. 우정이나 신의, 전쟁이 꺾을 수 없는 인간애. 노인과 소녀, 장교는 함께 배를 타고 떠나기로 하지만 그들을 태울 배는 오지 않습니다. 시간은 흘러가고 그들의 대화는 점점 깊어져 더 이상 장벽이 느껴지지 않을 정도가 됩니다. 유년 시절에는 국경이나 이념을 뛰어넘는 공통점이 있고 그들은 그걸 찾은 거지요. 더 이상 지체할 수 없을 정도로 체포의 손길이 다가온 어느 날, 소녀와 노인, 나치 장교는 작은 배를 타고 바다로 나서기로 합니다. 바다 어딘가에 연합군의 함선이 있다고 믿으면서요. 그러나 나치 장교는 배를 밀어서 바다로 띄워 보내고 자신은 육지에 남습니다. 노인과 소녀는 함께 가자거나, 올라타라는 말을 하지 않아요. 그들은 침묵으로 인사를 대신합니다.

프랑크는 말을 마치고 저를 바라봤어요. 완전히 어두워진 밤이었고 우리는 몽펠리에와 니스 사이의 어딘지 모를 숲길을 달려가고 있었어요. 저는 달빛에 번득이는 프랑크의 흰자위를 보며 생각했습니다. 이 치는 미친 게 틀림없어. 완전히 제정신이 아니야. 왜냐하면 『바다의 침묵』은 전혀 그런 내용이 아니었거든요! 저는 그가 나를 떠보려고 이러는 건지 잠시 생각했지만 그건 아닌 것 같았습니다. 소설을 이야기하는 그의 모습은 평온하고 확신에 가득 차 있었어요. 그렇게 솔직하고 자연스러운 프랑크 헨젤은 처음이었습니다.

로테는 니스의 성에 무사히 도착했고 필름의 존재도 확인했다. 프랑크는 그녀를 몽펠리에가 아닌 피지악으로 데려다주었다. 몽펠리에는 더 이상 안전하지 않아요. 로테는 피지악에서 종전까지 머문다. 물론 악몽과 희극이 뒤섞인 그날 밤에 대해서는 다시는 생각하지 않는다.

조르주 프랑주는 제2차 세계 대전이 끝난 후 시네마테크에 흥미를 잃었고 이제 영화를 만들어야 할 때라고 생각했다. 장 팽르베의 제안에 따라 국립과학영화연구소에 들어갔고 짐승의 도축 장면이나 외곽의 공장 지대, 병원을 필름에 담았다. 그러나 그것들에도 서서히 흥미를 잃었다. 자, 이건 이쯤이면 됐어. 도살장의 역사는 그만 찍어도 되겠어. 조르주는 서구 유럽은 도살장화했고 그러나 그것을 설명하면 안 된다고 생각했기 때문에 도살 다큐 3부작을 찍었고 이제는 극영화, 라고 생각했다. 그때 떠오른 게 프랑크 헨젤이었다. 그는 프랑크의 이야기를 영화로 만들어야겠다고 결심했지만 로테나 앙리 모두 시기상조라고 말했다. 나치 동조자의 이야기는 먼 미래로 미뤄둬. 그러나 조르주는 고집을 부렸다.

그는 프랑크를 만나기 위해 베를린으로 갔다. 알렉산더 광장의 카페에 들어가 공중전화로 프랑크의 집에 전화를 걸었다. 중년의 남자가 전화를 받았다.

프랑크?

무슨 용건이시죠?

사내는 자신은 프랑크가 아니라 집사라고 했다. 조르주는 이게 무슨 장난인가 싶었다. 15년의 세월이 흘렀지만 목소리는 변함없었다. 뚝뚝 끊어지는 프랑크의 목소리였다. 장난치지 말게. 나 조르주야. 조르주가 말했지만 사내는 무뚝뚝하게 대꾸했다. 프랑크 씨는 집에 없습니다. 메시지를 남기면 전달 드리겠습니다. 이쯤 되자 조르주는 소름이 돋았고 로테가 해준 일화가 생각났다. 프랑크는 제정신이 아니야.

조르주는 베를린에 이틀 더 묵고 파리로 돌아왔다. 그는 프랑크 헨젤에 관한 영화 대신 장 르동의 소설을 각색한 공포영화 〈얼굴 없는 눈〉을 만들었다. 영화를 보는 관객들은 불쾌감에 상영 도중 뛰쳐나가거나 졸도했고 언론은 조르주, 장르영화에 재능 없다는 게 밝혀져, 라는 제목의 기사를 실었다. 그러나 영화는 얼마 지나지 않아 걸작의 반열에 올랐고 리메이크를 양산했다. 조르주는 한 인터뷰에서 이렇게 말했다. 이 영화는 결코 공포영화가 아닙니다. 〈얼굴 없는 눈〉은 정체성과 인간의 비통함에 대한 영화입니다.

좋은 이웃 사람

1. 아무것도 하지 말라

진정한 덕후는 아무것도 하지 말아야 한다. 그가 이 말을 했는지는 모르겠다. 그러나 그가 이 말에 따라 산 것은 맞다. 그는 아무것도 하지 않았다. 일도 하지 않았고 여행도 하지 않았고 놀지도 않았으며 결혼도 하지 않았다. 그에겐 가족도 없었고 친구도 없었고 목표나 꿈, 계획도 없었다(사실상 그는 계획을 경멸했다. 꿈은 잘 때 발생하는 인지적 오류에 불과했고 목표는 망상이었다). 오로지 책을 읽고 사고 그것들을 배열하는 것 말고는 아무것도 하지 않았다. 그렇다. 배열. 책을 읽고 사는 것은 이해할 수 있다. 그런 사람은 많으니까. 그런데 그가 진정으로 빠진 것은 책을 배열하는 행위였다. 그는 지치지 않고 새롭게 책을 배열했다. 집 전체를 가득 채우는 책장과 책장과 책장 사이를 오가며 새롭게 추가된 책과 사상, 사회현상과 예술적 아이디어에 따라 그만이 알 수 있는 연결 고리를 만들었다. 연결은 비약이 심하고 억지스러웠으며 가끔 민망할 정도로 야심만만했다. 그는 자신의 연결이 지닌 가치를 과대평가했다. 그러면서도 외부에 알릴 생각은 하지 않았다. 돼지 목에 진주라나. 나는 딱히 지적하지 않았다. 혼자 사는 독학자가 그렇지 뭐. 덕분에 생소한 작가와 책을 알 수 있었으니 거북할 게 없었다. 나로 말할 것 같으면 책을 읽지 않고 책에 대해 말하는 법에 도가 튼 사람이니까. 책을 진짜 읽은 사람 앞에서는 잠자코 있으면 될 일이다. 게다가 그는 일상에선 평범하고 조용한 사람이었다. 처음 수년 동안은 옆집에 사는데도 마주칠 일이 없었다. 그와 안면을 트게 된 건 그가 말을 걸었기 때문이다. 글을 쓴다고 들었습니다. 내가 깜짝 놀라 어떻게 알았냐고 하니까 자신의 집에는 가끔 출판과 관련된 사람들이 방문한다며 그중 한 사람이 내가 작가라는 사실을 말했다고 했다. 그는 내 책도 자기 집에 있다고 했다. 내 책과 연결된 책이 무엇이었는지는 여기 굳이 적지 않을 생각이다.

2. 그것은 중요하지 않다

그를 아는 사람들은 하나같이 그가 뭘 해서 먹고사는지 궁금해했다. 돈은 어디서 나오며 생활은 어떻게 유지하는지. 대단한 유산이라도 받은 걸까. 나는 궁금증을 참지 못하고 물었는데 그는 그건 중요한 게 아니라고 했다. 그가 생각했을 때 중요한 건 사람들이 인생을 통제하려고 한다는 사실이었다.

그렇죠. 인생은 마음대로 되는 게 아닌데 그러면 안 되죠. 내가 말했다. 그는 고개를 저었다.

그게 아니라, 인생을 통제하는 것은 삶을 일정한 체계 속에 둔다는 사실을 뜻하는 겁니다. 삶을 체계 속에 둔다는 것은 삶이 곧 책과 같다는 의미이지요.

음…… 아……. 나는 고개를 끄덕였지만 무슨 말인지 알 수

없었다. 뭐 해서 먹고사냐고 물었는데 이게 대체 무슨 소리지? 그는 아랑곳하지 않고 자신의 말을 이어갔다. 그래서 자신은 계속해서 새로운 체계를 수립한다, 체계는 계획과 다르다, 계획은 체계가 일정하게 유지된다는 착각이다, 체계는 매번 새롭게 태어난다, 그러니 자신의 서가는 일종의 작은 세계다, 그러니까 이것은 역사이지요, 인간의 역사뿐 아니라 자연과 기술, 우주의 역사.

음…… 아…….

3. 그리고

아파트에 불이 났지만 다친 사람은 없었다. 토요일 낮이었고 대부분의 집은 비어 있었으며 불길은 일찍 잡혔다. 그러나 그을음은 생각보다 심했다. 불이 난 집 위로 세 층 정도는 복도와 집 안을 뒤덮은 재로 한동안 고생했다. 나와 그의 집도 마찬가지였다. 그는 새하얗게 질려서 책들을 하나씩 보여줬다. 검은 재가 책등에 내려앉아 있었다. 닦아도 닦아도 계속 먼지가 나온다고 했다.

얼마 지나지 않아 그는 기별도 없이 이사를 갔다. 그가 남긴 건 세 박스 분량의 사진이었는데 사진은 모두 그의 서가를 찍은 것이었다. 사진은 수천 장은 되었고 모두 다르게 꽂힌 책들의 배열을 보여주고 있었다. 그는 박스를 내 앞으로 남겼다. 그게 뭔가 중요한 것이라도 된다는 듯, 내가 그걸 가지고 무엇을 할 수 있을 것이라는 듯 말이다. 사진 속에서 내가 가진 책과 일치하는 책들을 찾아 동일한 배열로 책을 꽂아보았다. 책은 작가나 출판사, 장르와 상관없는 비밀스러운 구분법에 따라 꽂혔고 높이와 색, 모양이 들쑥날쑥해서 보기 좋지 않았다. 나는 내가 가진 다른 책들을 동원해 다시 책을 꽂기 시작했고 연결 부위를 찾기 위해 방 곳곳에 흩어져 있는 책들을 펼쳐 읽기 시작했다. 어떤 책은 목차를 보고 필요한 부분을 찾아서 읽었고 어떤 책은 아무 페이지나 펼쳐서 읽었으며 어떤 책은 뒤표지를 보는 것만으로도 충분했다. 나는 밤새 책을 읽었다. 그러나 그것은 한 권의 책이 아니었기에 내용은 제대로 기억되지 않았다. 그렇지만 서가에 꽂혀 있는 책들을 보자 그 절단면과 연결 부위들이 떠올랐다. 어느새 아침이었다. 나는 커피를 내리고 컴퓨터 앞에 앉아 부족한 책들을 주문하기 시작했다.

여행자

밤 여행

하다 만 일에는 독특한 매력이 있다. 사람들은 중간에 그만 두거나 하지 않으면 후회가 되니 꼭 하라고 충고한다. 맞는 말이지만 그런 일들이 후회가 되는 건 그 일에 소중한 특성이 있기 때문이 아니라 중도 포기, 이탈, 단념, 낙오 같은 것이 주는 매력 때문일지도 모른다. 문학사의 걸작들이 대부분 미완성인 것처럼 완결되지 않은 일에는 무언가 끌어당기는 힘이 있다. 어둠을 향해 열린 문처럼 말이다.

수현이 늘 그런 매력에 빠졌던 건 아니다. 그러나 아귀가 나간 것, 어딘지 모르게 부족한 것, 되다 만 것, 실현되지 못한 건축물의 도면, 작품의 밑그림, 스케치, 구상이 어지럽게 쓰인 노트 같은 것들에 끌렸고 재현에게 끌린 이유도 그것 때문이라고 하면 재현이 기분 나빠할까.

내가 널 좋아하는 이유는 네가 뭔가 부족하기 때문이야.

날 채워줘.

재현은 아마 이딴 농담으로 응수할지도 모른다. 아니면 날 완성해줘? “you complete me” 같은 대사가 할리우드 영화에 많이 나오기도 하니까(정확히는 〈제리 맥과이어〉에 나온 대사고 수현은 이 영화가 개봉하고 20년이 지난 뒤에야 봤지만 톰 크루즈는 지금보다 20년 전이 더 지금 같은 모습이어서 기분이 이상했다).

하지만 그런 의미가 아니다. 우리는 모두 나사 빠진 사람들이고 그 빠진 나사를 조여줄 일생의 인연이 있어, 라는 낯간지러운 뜻이 아니란 말이야, 이 멍청아. 수현은 생각했지만 재현에게 말하지 않았다. 재현은 아직 아무런 답도 하지 않았는데, 그냥 물끄러미 그녀를 보고 있을 뿐인데 멍청이라고 하는 건 너무하군.

수현과 재현은 일민미술관에서 퍼포먼스를 보고 있었다. 서너 명의 무용수가 양자역학과 불확정성의 원리를 신체로 표현

하는 공연으로 수학 기호가 이리저리 쓰인 리플릿을 받았는데 도통 무슨 말인지 알 수 없었다. 남자 무용수는 자신이 슈뢰딩거의 고양이라고 말하고 죽은 상태와 산 상태의 사이 지점을 연기했는데(이걸 어떻게 연기하는 거지?) 보는 내내 마음이 심란하기 그지없었다.

수현은 현대 예술에 관심이 있는 정도인 데 반해 재현은 미학을 전공했고 가끔 관련 글도 썼다. 그렇지만 설명해달라고 하면 전문용어를 줄줄 늘어놓거나 이걸 설명하려면 한 학기 분량의 수업을 진행해야 돼, 따위의 말로 어물쩍 넘어갔다.

그러니까 재현은 늘 이런 식이다. 그는 핵심을 말하지 못했다. 듣고 싶은 말은 할 수 없다고 했고 듣기 싫은 말은 길게 늘어놓았다. 그녀가 뭔가를 의도하고 말하면 맥락을 벗어난 방향으로 응수했다. 똑똑한 재현의 똑똑한 어리석음에 끌렸는데 대화를 할수록 지쳐갔다.

휴식이 필요해.

어둠 속에서 움직이는 무용수를 보며 수현은 생각했다. 갑작스러운 결심이었다. 그녀는 별안간 그만둬야겠다는 생각이 들었고, 모든 사람이 숨죽이고 공연을 보는 미술관에서 나가야겠다는 생각을 했다.

너무 달렸어.

생각해보면 그랬다. 학교를 졸업하고 바로 취업했고 이직을 하면서도 쉬는 기간이 없었다. 주말에는 연애와 친구들 때문에 바빴고 퇴근 후에는 PT를 받거나 제2외국어를 공부했다. 삶이 원하는 방향으로 흘러가는데도 답답했다. 어쩌면 삶이 순탄하게 흘러갔기 때문에 답답한 건지도 모른다. 내가 이걸 진짜 원하긴 한 걸까? 심지어 나는 재미없는 영화를 봐도 중간에 끄는 법이 없었어! 내가 딱 그 꼴이라고!

수현은 결심을 실행에 옮겼다. 재현이 의아한 눈으로 그녀를 봤지만 막지 못했다. 수현은 미술관 밖으로 나와 크게 숨을 쉬었다. 오후 5시가 조금 넘은 시간인데 벌써 어둑해지기 시작했다. 어디로 가지. 떠나야겠다는 생각이 들었고 그때 그녀의 머릿속에 깊고 어두운 숲속으로 빨려들어가는 기차의 이미지가 떠올랐다. 인적이 드문 산속을 달리는 기차와 텅 빈 객실, 다음 날 아침에는 바다가 보이는 조용한 호텔에서 깨어나 조식을 먹으며 그만둔 것들에 대해, 새로 시작할 것들에 대해 생각하는 거야. 뻔한 낭만이었지만 갑자기 두근거렸고 지금이 아니면 언제, 라는 생각이 그녀를 휩쓸었다. 수현은 택시를 타고 서울역으로 갔다.

그녀가 부산행 기차표를 예매했을 때 재현에게 전화가 왔다.

너 어디 간 거야?

수현은 대충 둘러댔다. 엄마가 갑자기 아프다네. 대구에 내려가는 길이야. 마음속에서 재현과 끝내야지 하는 생각이 들었지만 그에게 상처를 주고 싶지 않았다. 그리고 진짜 헤어지고 싶은지 아닌지도 알 수 없었다. 그냥 지금 뭔가 그만두지 않으면 안 될 것 같았다.

이렇게 갑자기 간다고?

재현은 놀랐지만 화를 내거나 따지지 않았다. 도리어 어머니를 걱정하더니 그럼 조심히 내려가라고 말했다.

수현은 감자튀김과 커피를 샀고 매점에서 〈씨네21〉을 산 후 서울역을 한 번 돌았다. 마음이 진정되면서 이게 뭐 하는 짓이지 하는 생각이 들었다. 지금이라도 늦지 않았으니 그만둘까. 아니야, 어차피 내일은 일요일이고 혼자 여행 가는 셈 치지 뭐.

7호차 5C가 그녀의 자리였다. 옆에 검은색 마스크를 쓴 남자가 앉아 있었다. 수현은 코트를 벗어 선반에 올리고 자리에 앉았다. 생각보다 열차에 사람이 많았다. 낭만적이진 않군. 한국에서 뭘 기대하겠어. 그녀는 아쉬운 대로 스스로를 위로했다. 출발 시간이 5분 남았다. 〈씨네21〉을 펼쳤다. 그때 열차의 창문을 두드리는 소리가 들렸다. 무심코 밖을 봤는데 재현이 활짝 웃는 얼굴로 손을 흔들고 있었다.

뛰어왔어! 너 보려고!

재현이 헐떡이며 외쳤지만 수현의 귀에는 들리지 않았다. 옆자리에 앉은 남자가 몸을 뒤로 빼며 둘의 시선이 마주할 공간을 마련해줬다.

수현은 재현이 황당하기도 하고 귀엽기도 했다. 어쨌든 손을 흔들어주었다. 추워! 어서 가! 소리는 내지 않고 입 모양을 크게 만들어 말했다. 재현이 고개를 끄덕이더니 잘 가! 라고 외쳤다. 그리고 걸음을 옮겨 시야에서 사라졌다.

수현은 놀란 가슴을 진정시키며 휴대폰으로 고개를 돌렸다. 출발 시간이 2분 남았다. 어떻게 찾은 거야? 뭐야, 정말.

그때였다. 재현이 기차 칸으로 들어왔다.

아쉬워서 잠깐 들어왔어. 아직 출발 시간 남았지?

응?

수현이 놀란 사이 재현이 그녀의 볼에 입을 맞췄다. 그리고 다시 입술에 입을 맞췄다.

기차 출발하겠어. 수현이 당황해서 말했다.

아직 괜찮아. 잘 갔다 와. 어머니 간호 잘하고.

응응.

수현은 고개를 끄덕였다. 뭐가 됐든 빨리 내렸으면 하는 생각밖에 안 들었다. 이건 내가 원한 그림이 아닌데. 급여행의 흐름이 깨지는 느낌, 자신의 결심에 균열이 생기는 기분이 들었다. 재현이 들어온 쪽에서 커다란 짐을 든 할머니와 할아버지가 숨을 헐떡이며 들어오고 있었다. 재현이 나가려고 했지만 몸을 빼기 마땅치 않았다.

총각이 도와주려고?

할머니와 할아버지는 낑낑대며 짐을 선반 위로 날랐다. 재현은 얼떨결에 같이 짐을 들었다. 수현은 그 모습을 보며 발을 동동 굴렀다. 뭐 하는 짓이야. 기차 출발한다고! 창밖을 보니 급하게 뛰어서 기차에 타는 사람이 보였다. 코트를 입은 승무원이 팔을 크게 돌렸다.

빨리 내려!

재현은 짐을 옮기고 수현과 눈을 마주쳤다. 그리고 뒤늦게 탄 사람을 피해 입구 쪽으로 달렸다. 재현의 모습이 통로로 사라졌을 때 창밖으로 계단이 접히고 문이 닫히는 모습이 보였다. 수현은 눈을 크게 떴다. 내렸나?

잠시 후, 재현이 어색한 웃음을 지으며 다시 기차 칸에 모습을 드러냈다.

미안. 못 내렸어.

이런, 씨…….

이왕 이렇게 된 김에 대구 같이 갈까? 잘된 거 아니야?

재현이 웃으며 말했다.

기차가 덜컹거리며 어두운 도시로 나아갔다. 수현의 눈에 밤

풍경과 창에 비친 자신의 얼굴이 겹쳐 보였다. 잘된 건지, 잘못된 건지 알 수 없었다.

기이한 삼각관계

그녀를 생각하면 떠오르는 노래가 있다. 뉴오더의 〈Bizarre love triangle〉. 특별한 사연이 있는 건 아니다. 다만 그녀와 함께 도쿄에서 뉴오더의 공연을 봤기 때문이다, 라고 말하고 싶지만 특별한 사연이 있다. 그렇지만 정말 특별한 건 아니다. 모든 사랑이 그렇듯, 모든 관계가 그렇듯, 적당히 통속적이고 어느 정도 예상 가능하다.

그러니까 〈Bizarre love triangle〉을 듣는 건 거의 15년 만이다. 15년 전에 헤어진 여자친구에게 연락이 왔다고 15년 전에 헤어진 여자친구를 떠올리면 생각나는 노래를 듣는 건 유치하지만, 그럴 수도 있는 거 아닌가. 이 정도의 사치는 용서하자.

아쉽게도 간만에 듣는 음악은 아무런 감흥이 없었다. 어릴 때 그렇게 좋아하던 밴드의 노래인데 도입부에 잠깐 흥이 나고 곧 지루해졌다. 이 노래가 신스팝이기 때문은 아니었다. 물론 대부분의 신스팝은 지루하다. 하지만 어떤 장르든 그것의 90퍼센트는 지루하다.

문제는 훨씬 근본적인 곳에 있었다. 이제 나는 어떤 음악도 1분 이상 듣는 게 괴롭다.

너 늙었네.

애플뮤직에 백여 개의 플레이리스트를 가지고 있는 김정현이 말했다.

음악에 흥미를 잃는 것. 그게 바로 돌이킬 수 없는 노화의 징조지.

말 참 이쁘게 한다.

나는 김정현에게 말했다. 정현은 그래서 그녀를 만나러 갈 거냐고 물었다. 대학 동창인 그는 그녀를 기억하고 있었다.

손가락이 통통했어. 그렇지?

나는 그런 건 기억 못한다. 손가락이 통통하다니. 정말 무례

한 기억이다.

난 사실을 말하는 것뿐이야.

김정현이 말했다.

그녀를 만날 것이다. 나는 정현에게 말했다. 만나지 않을 이유가 없지 않나. 그녀에게 아무런 감정도 남아 있지 않다. 어떻게 사는지 궁금한가 하면 그렇지도 않다. 그냥 보자니까 본다. 그게 다다.

우리 정말 좋았는데. 그렇지?

합정의 야키토리집에 자리를 잡고 얼마 지나지 않아 그녀가 말했다. 불친절한 사장과 점원이 기가 차게 맛있는 꼬치를 주는 곳이었다. 우리는 하이볼과 네기마(다릿살과 대파), 모모니쿠(다릿살), 데바사키(닭 날개), 세나카(닭 등심) 등을 시켜놓고 기다리는 중이었다.

응?

그때 진짜 순수하고 좋았는데.

그녀가 다시 말했다. 15년 만에 다시 본 그녀는 거의 변하지 않았고 우리는 생각보다 어색하지 않았다.

그땐 너무 가난했지. 이런 맛집은 올 생각도 못했잖아.

내가 말했다. 그녀는 고개를 끄덕였지만 수긍하지 않는 표정이었다.

수제 버거 두 개 먹을 돈도 없어서 하나 시켜서 반으로 나눠 먹었어. 기억 안 나?

그래도 순수했는데. 돈이 없어도 즐거웠던 기억밖에 없어.

나는 그때 콜라가 너무 모자랐다고, 리필이 안 되어서 얼마나 서러웠는지 모른다고 말하려다가 말았다. 지금은 그냥 두 잔, 세 잔, 시키고 싶은 만큼 시켜서 먹는다. 그렇지만 이젠 그렇게 여러 잔 먹고 싶은 생각이 들지 않는다. 하고 싶은 건 그때 하지 않으면 의미가 없다.

이미가나이(의미가 없다).

내가 말했다.

응? 뭐라고?

아니야. 내가 아는 유일한 일본어 문장이야. 그냥 야키토리 집 오니까 생각이 나서.

우리는 하이볼을 마시며 닭꼬치를 먹었다. 닭꼬치는 순식간에 줄어들었다. 나는 가와(닭 껍질)와 쓰쿠네(닭 완자)를 주문했다.

다음 주에 결혼해. 그녀가 말했다.

그녀는 소개팅으로 만난 남자와 2년을 사귀었고 결혼을 앞두고 있었다. 신혼여행은 이탈리아로 간다고 했다. 베니스, 피렌체, 밀라노…….

뻔한 코스야. 그녀가 말했다.

나는 할 말이 떠오르지 않았다. 결혼 직전에 과거의 연인을 만나서 아름다웠다고 말하는 행위를 어떻게 받아들여야 할까. 일종의 전통인가. 식전 행사 같은 건가. 결혼한 내 친구들도 그랬을까. 나로서는 알 수 없는 노릇이다.

축하해.

내가 말했다.

그녀는 고개를 끄덕였다. 가와를 꼬치에서 빼내 내게 건넸다.

껍질은 별로 안 좋아해. 너무 느끼해 보인다.

Suntory
Whisky
1937
Suntory
Whisky
1931

그녀가 말했다. 나는 잠자코 그녀의 손가락을 보았다. 김정현 말대로 몸의 다른 부위와 사뭇 다른 통통한 손가락이었다. 과거에 그녀의 손가락에 대해 어떻게 생각했는지 떠올리려고 했지만 전혀 생각나지 않았다. 매력이었을까, 단점이었을까.

도쿄에서 같이 공연 봤던 거 기억나?

그녀가 말했다. 없는 돈 모아서 같이 공연을 보러 갔다고, 넌 그때 멋 낸다고 친구한테 재킷을 빌려 입고 왔지, 그게 정말 잘 어울려서 화소도 낮은 구식 디지털카메라로 사진을 엄청 찍었었다고 그녀가 말했다.

신주쿠에서 찍은 사진 기억나? 그때 정말 좋았는데.

그녀가 닭 완자를 풀어진 온센타마고(온천달걀)에 찍으며 말했다. 나는 그녀가 닭 완자를 먹는 모습을 가만히 지켜봤다.

너 바람피워서 헤어졌던 건 기억 안 나?

내가 말했다.

응? 그녀가 반문했다.

나는 그녀에게 그 재킷을 빌려준 친구와 나를 동시에 만났던 거 기억 안 나는지 되물었다. 지난 일이고 그 일에 대해서 이제 악감정이 남아 있지 않지만, 그래도 이렇게 여러 번 좋았다고 되새기는 건 좀 그렇지 않아, 라고 말했다.

그녀는 정지해 있었다. 나는 그녀가 먹다 만 닭 완자를 달걀 종지에서 빼냈다.

내가 그랬어?

응.

나는 우리가 헤어지고 난 뒤에 그 친구랑 만났다고 기억하고 있었어…….

그녀가 말끝을 흐렸다.

정확히는 그 친구와 그녀가 몰래 만남을 시작한 지 한 달 만에 나에게 들켰으며 우리는 심하게 싸웠다. 나는 어리석게도 나에게 돌아오면 용서해준다고까지 했지만 그녀는 떠났다. 이것이 정확한 기억이다.

그녀는 완전히 충격을 받은 표정이었다. 정말 까맣게 잊고 있었던 모양이다. 하긴 기억하고 있다면 그때 이야기를 계속할 리가 없지.

그래서 어떻게 됐어? 김정현이 물었다. 궁금해 죽겠다는 표정이었다.

그러니까 그게 이틀 전의 일이다.

15년에 걸친 악연의 종지부를 찍은 거야? 김정현이 말했다.

악연? 나는 악연이라고 생각하지 않는다. 물론 당시에는 힘들었지만, 우리들에겐 다들 그랬을 만한 이유가 있었다. 그렇게 생각하는 편이 마음 편하다.

재킷을 안 돌려줬어.

뭐?

그거 비싼 건데, 내가 했어.

그걸 어떻게 입냐. 너 거지야? 정현이 테이블을 내리쳤다.

난 그 재킷을 이후 10년은 더 입은 것 같다고 말했다. 〈Bizarre love triangle〉은 더 이상 듣지 않았고 친구와 그녀를 모두 만나지 않았지만 재킷은 계속 입었다.

처음부터 마음에 들었거든. 그 옷이.

김정현은 나를 변태 보듯 쳐다봤다.

친구의 재킷은 리바이스 빈티지 가죽 재킷이었다. 자연스럽게 태닝된 짙은 갈색 재킷으로 항공 점퍼 느낌이 조금 났고 입기에 따라 〈펄프픽션〉의 브루스 윌리스처럼 보일 수도 있고 〈스타 이즈 본〉의 브래들리 쿠퍼처럼 보일 수도 있었다.

버리기엔 너무 아까웠다.

그녀에게 하지 않은 말이 있다. 그녀와 내가 헤어지고 1년쯤 지난 뒤였나, 친구에게 연락이 왔다. 재킷을 돌려달라고. 친구는 그 재킷이 기무라 타쿠야가 나리타 공항에서 입었던 것과 같은 모델이라고 말하며 이젠 구할 수도 없는 옷이라고 했다.

나는 대꾸하지 않았다. 이 옷은 내가 더 잘 어울려, 라고 말하려고 했지만 말았다. 그녀와 여전히 만나고 있는지도 궁금했지만 묻지 않았다. 재킷을 돌려주지 않은 게 일종의 복수였을까. 그건 아니다. 그때쯤엔 나도 다른 사람을 만나고 있었고 감정은 무뎌져 흐물흐물해져 있었다. 재킷이 그렇게 중요해? 이미 떠난 것에는 미련을 두지 마.

어쨌든 나는 그녀의 결혼을 진심으로 축하했다. 우리는 두 잔의 하이볼을 마셨고 닭의 거의 모든 부위를 먹었다. 15년 뒤에 다시 볼 수 있을까. 우리는 농담을 주고받았지만 웃기진 않았다. 과거는 아름답지만 되돌릴 수 없다. 음악도 재킷도 이젠 내게 어울리지 않으니까.

세 번째 남자

그녀의 할아버지가 유명한 무당이라는 소문이 있었다. 점쟁이였나? 아기 신이 내렸나? 그런 건 확실하지 않다. 재희는 그녀의 이름조차 생각나지 않았다. 고등학교 3학년 때 같은 반이었는데……. 그녀의 인상은 흐릿하다. 안경을 쓴 조용하고 수줍음 많은 친구. 성적도 보통, 외모도 보통. 그런 그녀가 친구들 사이에 소문이 난 건 손금을 볼 줄 아는 재주 때문이었다. 그녀가 손금 보는 방법은 특이했다. 생명선이니, 운명선이니 하는 말은 전혀 하지 않았다. 그냥 두 손을 잡고 손바닥을 한참 동안 바라보는 것이다. 그럴 때면 그 착한 친구가 돌변했는데 신이라도 내린 것 같은 인상이었다. 그리고 갑자기 자동인형처럼 점괘를 줄줄 읊는 것이다.

고생길이 훤히 열렸어. 넌 단명하겠다. 애는 낳지 마. 왜? 자살할 거야. 대부분의 점괘는 너무나 불운했고 끔찍하기까지 했다. 애들은 소름이 돋았지만 그럼에도 줄 서서 손금을 봤다. 그녀가 섬뜩한 예언을 할 때면 난다 긴다 하는 일진들도 잠자코 들었다. 그리고 심각해져서 자기 자리나 반으로 돌아갔다. 어떻게 해야 돼? 라는 물음에는 답을 주지 않았다. 천기누설, 팔자소관. 자신이 할 수 있는 건 없다고 했다.

재희는 미신을 믿지 않는다고 했다. 애들 대부분이 돌아가며 손금을 볼 때도 잠자코 있었다. 그렇지만 실은 두려운 거였다. 점괘가 안 좋게 나오면 어떡하지. 평생 가난할 거라고, 집도 절도 없이 떠돌아다닐 팔자라고 하면 어떡하지.

재희와 가장 가까운 친구인 현주는 몇 손가락에 꼽히는 일진이었다. 본인은 일진이라는 사실에 난색을 표했지만 가끔은 친구인 재희도 현주가 겁났다. 현주가 손금을 봐야겠다고 했다.

궁금해서 안 되겠어. 너도 같이 봐.

현주의 운명은 막막했다. 십 대면 운이 끝난다. 이십 대 내내 사람들에게 끌려다닐 것이다. 하고 싶은 게 있다면 하지 마라. 그것이 어떤 것이든. 그저 엎드려서 20년을 보내라. 마흔이 넘으면 조금 나아진다…….

재희의 손바닥은 유독 오래 본 것 같다고 10년이 넘게 지난 뒤 현주가 말했다. 재희는 손바닥을 보이는 동안 숨이 막히는 걸 느꼈다.

재희는 성공하겠네.

그녀가 말했다. 맥이 탁 풀렸다. 그리고 동시에 반 아이들 사이에서 우와아 하는 소리가 나왔다. 성공한다는 운명은 처음이었기 때문이다.

그녀는 재희가 결혼할 운명의 남자가 세 명 있다고 말했다. 선택을 잘해야 돼. 한 명은 너를 잘되게 할 거고 한 명은 무난할 거야.

나머지 한 명은?

너를 망칠 거야.

어떻게 알아봐?

재희가 물었지만 그녀는 대답하지 않았다. 잘 선택해야 한다는 말만 반복할 뿐이었다.

재희는 삼십 대 중반이 되었다. 서울의 대학을 졸업했고 외국계 광고 회사에 들어갔다. 이십 대에는 많은 남자를 만나지 않았다. 대학 때 사귄 선배와 꽤 오래갔는데 그때마다 점괘가 생각났다. 이 사람이 결혼할 운명인가? 나를 잘되게 할 사람인가 망칠 사람인가. 그를 좋아하긴 했지만 뭔가 부족했다. 그는 지나치게 충동적이었고 중요한 순간에는 의존적이었다. 사귈수록 그런 성향이 두드러졌다. 그와 헤어지고 난 뒤 몇 번의 짧은 만남이 있었고 이십 대 후반에야 진지한 생각이 드는 사람을 만났다. 첫 데이트를 하고 난 뒤 이 사람이 세 명 중 하나군, 이라고 생각할 정도였다.

만난 지 1년쯤 지나 남자가 바람을 피웠다. 재희는 그를 용서했다. 그게 실수라는 사실은 반년 뒤에 알게 됐다. 남자는 또 바람을 피웠다. 정황을 보건대 한두 번이 아닐 것이다. 그는 다시 용서를 구했고 재희는 받아들였다. 그리고 몰래 다른 남자를 만났다. 그를 만나면서 이 남자, 저 남자 돌아가면서 만나기 시작한 것이다. 자신이 그렇게 할 수 있을 거라고 생각하지 않았다. 하지만 그녀는 그렇게 했다. 두 사람의 행위는 서로를 파괴했다. 재희의 머릿속에 다시 점괘가 떠올랐다. 나를 망칠 사람이 바로 이 자인가?

관계는 거의 범죄에 가까운 수준에서 종결지어졌다. 어느새 서른 초반이었고, 친구들은 거의 다 결혼을 했다. 현주는 두 명의 아이를 데리고 나타났다. 일진이었던 현주에게는 살기가 있었다. 지금은 삶의 신산함이 묻어날 뿐이었다. 재희는 현주에게 결혼 생각은 접었다고 했다.

비혼주의야?

무슨 주의 같은 건 우스워. 그냥 생각이 없는 거야.

세 명 다 만났어?

현주가 말했다. 현주는 점괘를 똑똑히 기억하고 있었다.

네 점괘가 다른 애들이랑 좀 달랐잖아.

재희는 자신이 만났던 남자 중에 운명의 상대가 있었는지 없었는지 쉽게 짐작할 수 없었다. 정황상 두 명은 만난 것 같지만 말이다.

어쨌든 다행이네. 현주가 말했다.

뭐가?

최악의 남자는 거른 거잖아.

그런 걸까?

운명의 상대가 하나 더 남았다니 좋겠다. 내가 막 설레네.

현주는 진심으로 부러워하는 눈치였다. 과거의 그녀라면 이혼이 문제가 아니라 남편을 죽이고도 남았을 텐데.

점 보던 걔는 어떻게 지내는지 알아?

재희가 물었다. 현주는 고개를 저었다.

소식을 모르겠어. 이름도 기억 안 나네…….

그는 신입 직원이었다. 나이가 꽤 있긴 했지만 재희보다 네 살 아래였다. 연하의 신입. 연애 상대로 생각할 리 만무하다. 운명의 상대는 고사하고 하룻밤 상대로도 부적절했다. 그런데 그렇게 되었다. 하룻밤 상대가 됐고, 그는 꽤 진지하게 몰입했다. 어, 어 하는 사이에 비밀스런 연애 관계가 지속됐고 남자는 내

내 헌신적이면서 깔끔한 태도와 거리를 유지했다.

2년 정도 사귄 뒤 남자는 이직을 생각한다고 했다. 그리고 결혼. 재희는 점괘를 떠올렸다. 이 남자와 만나면서 좋은 일이 있었나. 그건 아니었다. 회사에서 재희의 입지는 줄어들었다. 전과 달리 그녀의 아이템이 시장에서 힘을 못 썼다.

그러던 차에 거짓말처럼 첫사랑 선배가 나타났다. 그가 계속 공부를 한다는 이야기는 들었지만 소식은 끊긴 뒤였다. 선배는 교수에 임용되었다고 했다.

둘은 도산공원의 카페에서 만났다. 자연스레 과거 이야기가 나왔다.

그땐 내가 너무 어렸지. 선배가 말했다.

그는 이제야 솔직히 말하지만, 그녀가 자신을 떠날 거라는 불안감 때문에 어리석게 굴었다고 했다. 나는 별 볼일 없는 대학원생인데 너는 잘나가는 직장인이어서 늘 두려웠다고.

재희는 혼란스러웠다. 둘 다 운명의 상대인가. 누가 나를 잘되게 할 것인가. 어차피 최악을 피했으니 상관없는 것 아닌가.

그녀는 이미 동시에 여러 명을 만난 경험이 있었다. 물론 그

때는 다른 이유가 있었지만, 한 번 해본 일을 다시 하는 건 어렵지 않았다. 재희는 교수가 된 선배와 연하인 신입을 동시에 만나기 시작했다.

이게 다 점괘 때문이야.

재희가 현주에게 털어놓았다. 그녀는 평소에 신점도 안 보고 사주도 안 보고 별자리도 안 본다. 심지어 혈액형 궁합도 믿지 않는다. 그런데 고등학교 때 본 손금 때문에 이러고 있다니. 제정신인지 모르겠다고 했다. 결혼할 생각도 없는데 말이다!

현주가 심각한 얼굴로 말문을 열었다.

걔, 지금 어디서 뭐 하는지 알아냈어.

뭐?

나도 걔가 말한 점괘 때문에 인생을 조진 느낌이야. 이십 대를 송두리째 날렸다고.

현주가 말했다. 현주는 손금을 본 그녀의 행방을 수소문했다고 했다. 찾아내서 부적이라도 받아내든가, 화풀이라도 할 생각이었다.

그래서? 지금 뭐 하고 사는지 알아?

그녀는 아리에스라는 가명으로 별자리 점을 보고 있었다. SNS와 팟캐스트를 넘나들며 별자리 점을 보는 아리에스는 재희와 현주만 몰랐지 관심 있는 사람들 사이에서 유명인이었다. 패션 잡지에 '아리에스의 당신의 별과 운명의 별'이라는 코너도 연재 중이었다.

현주와 재희는 대흥에 있는 그녀의 상담실에 예약을 잡았다.

아리에스의 외모에는 특별한 변화가 없었다. 머리가 길었고 살이 조금 더 찐 정도. 그러나 분위기는 확연히 달랐다. 그녀는 어딘지 모르게 부산스러웠는데, 눈앞의 사람이나 당장의 할 일 때문이 아닌 것처럼 보였다. 보이지 않는 곳에서 또 하나의 회로나 업무가 돌아가는 느낌이었다.

현주가 알은척을 했지만 반가워하는 기색은 없었다. 모른 척하는 것도 아니었다. 아리에스는 고개를 끄덕였다.

동창……이란 말이군.

두려움이 재희를 엄습했다. 고등학교 때 손을 보여줬을 때 느꼈던 숨 막힘이 다시 찾아왔다.

한 사람씩 따로 봐야 돼.

아리에스가 말했다.

나는 안 볼래. 재희가 말했다.

왜?

그냥…… 못 보겠어.

현주가 실소를 흘렸다. 재미로 보는 거야.

그렇지만 재희는 현주의 목소리가 가늘게 떨리는 걸 알 수 있었다.

재희는 현주를 두고 대기실로 나왔다. 그녀처럼 점을 보러 온 사람들이 순서를 기다리고 있었다. 대부분 이삼십 대 여성들이었고 남자는 한 명밖에 없었다.

30분쯤 지나자 현주가 나왔다.

어땠어?

현주는 말없이 재희를 쳐다보았다. 왜 너는 안 봐?

현주에게서 사라졌던 살기가 다시 느껴졌다. 금방이라도 머리채를 잡을 것 같은 눈빛이었다.

글쎄…… 좀 웃긴 거 같아서.

내가 대신 봤어.

현주가 말했다.

뭐?

니 생년월일, 일시까지 알잖아. 그래서 네 거 내가 대신 봤어.

재희는 순간적으로 어이가 없었지만 잠자코 있었다.

아리에스가 옛날에 너한테 뭐라고 했는지도 기억하더라.

현주는 재희의 대답을 기다리지 않고 계속 말했다.

그만해. 안 들을래.

재희가 현주의 말을 끊었다. 듣기 싫어.

왜? 궁금하지 않아? 운명의 남자가 누군지? 너 인생 제대로 펴야지.

현주가 말했다.

남자 따위로 인생이 좌지우지될 리 없잖아. 네가 그런 생각을 하니까 그렇게 살고 있는 거라고. 재희는 생각했지만 말하지 못했다. 현주에게 할 말이 아니었다. 그녀의 인생은 그녀의 탓이 아니다. 재희는 숨을 가다듬었다.

정말 안 궁금해? 현주가 다시 물었다.

응. 괜찮아.

현주는 버스를 타고 집으로 돌아갔다. 재희는 현주를 보내고 정류장에 한참 앉아 있었다. 두 남자에게 번갈아가며 문자가 왔지만 답장하지 않았다. 해가 지고 있었고 그녀가 탈 버스가 여러 대 지나갔다. 문득 생각이 들었다. 그녀에게 필요한 건 세 번째 남자가 아니었다. 그 다음이 필요했다. 운명 너머. 어쩌면 그것이야말로 재희가 기다리고 있는 것일지도 몰랐다.

작은 세계

베니스에선 밤에 할 일이 없다. 몇몇 바나 오스테리아가 영업을 하지만 손님도 없고 분위기도 별로다. 수상 버스인 바포레토는 12시면 영업을 종료하고 남는 건 개인용 수상 택시뿐. 수상 택시는 바가지 쓰기 좋고 잘못하면 숙박비에 가까운 돈을 쓰게 된다. 골목은 어둡고 사람들은 불친절하다. 낮에는 낭만적이었던 지중해는 묘지와 이단자들에게 어울리는 모습으로 둔갑한다.

베니스는 예전부터 이단자와 이교도, 광신도 들이 모이는 어둡고 음습한 곳으로 유명했대.

승재가 현우에게 말했다. 낮의 베니스를 생각했을 때 납득

이 가지 않는 말이었다. 그렇지만 그럴듯해 보이기도 했다. 어딜 가나 성당이 있었고 수로가 있었고 묘지가 있었다. 복잡하게 얽힌 골목 탓에 지도를 봐도 방향감각을 상실했다. 어떤 장소는 대낮에도 인적이 드물었다. 사람들은 창문을 걸어 잠그고 가게들은 문을 닫는다. 수로에서는 비린내가 나고 수백 년 된 벽에는 의미를 알 수 없는 문양이 그려져 있다. 가끔 마주치는 사람은 자신처럼 길 잃은 관광객뿐. 그들은 가족을 잃은 사람처럼 두리번거리며 어딘가로 사라진다. 승재는 베니스를 배경으로 한 작품 대부분이 죽음과 연관된다고 말했다.

제일 유명한 작품이 〈베니스에서의 죽음〉이잖아. 심지어 〈돈 룩 백〉이라는 영화에는 진짜 이교도가 등장해.

현우는 둘 다 보지 않았다. 아마추어 영화평론가로 활동하는 승재는 아는 게 많고 말이 많았다. 그와 대화를 나누면 가끔 머리가 아팠다.

처음부터 베니스에 올 생각은 아니었다. 유럽을 여행지로 정했을 때만 해도 베니스는 후보에 끼지 못했다. 승재의 지인이 때마침 열리는 베니스비엔날레에 작가로 참여한다고 하기 전까지만 해도 말이다. 지인은 비엔날레도 보고 관광도 하고 파티에서 사람도 만나라고 말했다. 베니스가 너무 소란스럽게 느껴지면 바로 옆에 있는 리도 섬에 가면 돼. 거긴 해변도 있고 음식도 맛있어.

막상 베니스에 오니 음식은 맛없고 지인은 바빠서 제대로 볼 시간이 없었다. 점심을 같이 먹었는데 그마저도 휴대폰을 보느라 식사에 집중할 수 없었다. 비엔날레 오프닝 기간이라 기자회견에 미팅, 식사 자리, 파티가 끊이지 않는다고 했다. 지인은 피곤하다 못해 불행해 보였다. 승재와 현우는 자기들은 신경 쓰지 말라고 했다.

이 도시는 가라앉고 있어.

뭐라고?

아니야. 지인은 정신이 없어 미안하다며 며칠 후에 있을 파티에는 일반 게스트도 올 수 있으니 부르겠다고 하고는 서둘러 일어났다.

베니스에는 지인이 아니더라도 볼 게 넘쳤다. 비엔날레 기간이라 거리 곳곳에 전시와 공연이 줄을 이었다. 우연히 들어간

성당에서 히에로니무스 보슈의 전시를 했고 산 비달 성당에서 비발디의 〈사계〉를 공연했다. 카페 플로리안에서 읽지도 못하는 이름의 커피를 주문하고 붉은색 단체 유니폼을 입고 산마르코 광장에서 군무를 추는 북유럽의 소년 소녀들을 구경했다. 3일 내내 돌아다녔더니 발에 물집이 잡혔다. 숙소에 돌아와서는 바로 잠이 들었다. 섹스는커녕 어떻게 잠들었는지도 기억 못 했다.

성생활은 서울에서 더 건강했던 거 같아.

서울에선 섹스 말곤 할 게 없잖아.

승재가 말했다. 윽. 현우가 말했다. 더러워.

나흘째 되는 날, 둘은 해변에 갔다. 캐빈을 빌렸고 그늘에 누워 책을 읽었으며 시체처럼 해변에 누워 일광욕을 하는 백인 노인들을 바라봤다. 현우는 문득 몸이 근질거렸다.

클럽 갈래?

현우가 말했다. 얼굴에 책을 덮고 누워 있던 승재가 눈을 찌푸리며 현우를 봤다.

웬 클럽?

그냥 아무 클럽이나. 힙합이든 하우스든 이디엠이든 클럽이 있을 거 아냐.

승재가 대답 대신 주변을 휙 하고 둘러봤다. 노인들이 대부분이었고 나머지는 신혼부부나 유적 답사 온 백패커들이었다. 이런 동네에 클럽이 있겠어?

승재와 현우는 클럽을 검색했다. 정말 베니스에는 클럽이 없었다. 딱 하나 있긴 했다. 클럽 피콜로 몬도Club Piccolo Mondo(작은 세계). 사진만 봐서는 어떤 곳인지 짐작이 안 갔다. 후기나 리뷰도 거의 없었다. 트립어드바이저에 독일어로 된 리뷰가 하나 있었다. 번역기를 돌렸다. 나는 거기에 되돌아가지 않습니다, 결코.

괜찮겠어? 승재가 물었다. 현우는 어깨를 으쓱했다. 그냥 가보자.

밤이 되었다. 둘은 바에 들러 칵테일을 마셨다. 각 두 잔을 연달아 마셨고 간만에 마신 술이라 금세 취기가 올랐다. 우린 클럽 간다! 둘은 신이 나서 바텐더에게 외치며 칵테일을 더 주문했다. 위 아 고잉 투 클럽! 턱시도를 입은 금발의 바텐더가 고개를 저었다. 노, 노 클럽. 승재가 듣지 못하고 말했다. 원 모어 진토닉! 바텐더가 다시 말했다. 노 클럽, 노 칵테일. 불필요할 정도로 단호하고 딱딱한 말투였다. 그는 굳은 표정으로 두 사람 앞을 떠났다. 뭐야? 우리 지금 인종차별당한 거야? 승재가 말했다. 그냥 넘어가자. 현우가 그를 말렸다. 베니스는 관광객들에게 불친절했다. 밤이 되면 더했다.

피콜로 몬도는 클럽이 있을 법하지 않은 곳에 있었다. 그런데 생각해보면 베니스의 모든 곳이 클럽이 있을 법하지 않은 곳이다. 적막한 골목 안쪽 구석에 작은 간판이 걸려 있었고 가드로 보이는 슈트 차림의 사내가 서 있었다. 험상궂은 인상은 아니었다. 평범했는데 어딘지 모르게 불길한 느낌을 풍겼다.

저길 들어가도 되는 걸까. 승재가 말했다. 기분 탓이야. 현우가 말했다.

가드는 둘을 보더니 기다리라고 하고 클럽 안으로 들어갔다. 잠시 후 나와서는 지금 클럽에 아무도 없다, 손님은 너희 둘뿐이다, 그래도 괜찮은가, 라고 되물었다. 승재는 현우를 봤다. 돌아갈까? 아니, 여기까지 왔는데 그럴 순 없지. 현우가 말했다.

정말 괜찮은가? 가드가 다시 물었다. 정말 괜찮냐니, 뭐가.

현우와 승재는 어색하게 웃으며 고개를 끄덕였다.

둘은 15유로씩 내고(피콜로 몬도의 행색을 봤을 때 어처구니없는 가격이었다) 클럽 안으로 들어갔다. 내부는 카타콤을 연상케 하는 동굴 형태였고 지나치게 어두웠다. 바텐더가 두 사람에게 손짓을 했다. 민머리에 눈썹이 없는 바텐더였다. 특이한 십자가 형태의 목걸이를 하고 있었다. 원 프리 드링크. 승재와 현우는 진토닉을 주문했다.

그들이 진토닉을 들고 스테이지로 들어가자 비로소 본격적인 음악이 나왔다. 디스코였다. 이게 뭐야. 현우의 웃음이 터졌다. 어스 윈드 앤드 파이어잖아!

음악은 피콜로 몬도의 분위기와 전혀 어울리지 않았다. 승재와 현우는 엉거주춤 서서 서로를 바라봤다. 스테이지 안쪽 깊은 곳에 굴 형태의 DJ박스가 있었고 어둠 속에서 희게 빛나는 DJ의 손과 이마, 뺨 같은 것들이 언뜻 스쳐 지나갔다.

기괴하다. 승재가 귓속말로 말했다. 그만 나갈까?

현우가 코웃음을 쳤다. 들어온 지 5분 됐어.

시간이 지나자 다른 손님들이 들어왔다. 두 그룹이었는데 한 그룹은 여자 셋이고 다른 그룹은 남자 셋이었다. 여자들은 십대로 보였다. 반면 남자들은 적게 봐도 사십 대 이상이었다. 남자들은 춤을 추러 온 것처럼 보이지 않았다. 둘러서서 대화를 나눴다.

이 클럽 조합이 이상해. 승재가 말했다. 그냥 춤이나 춰. 현우가 말했다. 현우는 생각 이상으로 잘 적응했다. 승재는 스테이지와 바를 오가며 시간을 때웠다. 휴대폰을 보니 지인에게 연락이 와 있었다. 어디야? 화장실로 들어가 문자를 보냈다. 클럽이야. 베니스에 클럽이 있어? 있어, 피콜로 몬도라고…….

잠시 후, 지인에게 다시 연락이 왔다. 거기 아니야. 빨리 나와.

뭐?

같이 있는 관계자가 거긴 관광객들이 가는 곳이 아니래. 이유는 모르겠어.

문자를 보는데 소름이 확 돋는 게 느껴졌다. 승재는 서둘러 화장실에서 나왔다. 그런데 스테이지에 현우가 보이지 않았다. 어디 간 거야? 승재가 두리번거리며 현우를 찾았다. 세 명의 남자들이 히죽거리며 승재를 바라보고 있었다. 식은땀으로 몸이 흥건히 젖었다. 승재는 현우에게 전화를 걸었다. 현우는 전화를 받지 않았다.

승재가 밖으로 나가려고 하자 가드가 붙잡았다. 여기는 한 번 나가면 다시 들어올 수 없다. 왜요? 클럽 규정이 그렇다. 가드가 말했다. 승재는 문 앞에서 다시 현우에게 전화를 걸었지만 연결이 되지 않았다.

그때 십 대로 보이던 여자 그룹의 한 사람이 다가왔다. 그녀가 승재를 잡아끌었다. 같이 온 친구를 찾고 있나? 그렇다. 그 친구는 저쪽으로 갔다. 가서 찾아봐라. 그녀가 손가락으로 바 뒤편을 가리켰다. 어둠 속에 묻혀 있어 몰랐는데 계단이 있었다. 건물 위로 올라가는 계단 같았다. 현우가 거기로 왜 간 거지? 물었지만 여자는 어깨를 으쓱하더니 사라졌다. 승재는 계단으로 향했다. 그런데 바닥의 감촉이 이상했다. 철벅하는 소리가 났다. 스니커즈 안으로 물이 스며들었다. 놀란 승재가 바 안쪽을 봤다. 어두워서 몰랐는데 다시 보니 바 안쪽이 온통 물바다였다. 뭐야 이게……. 문득 클럽의 모든 사람들이 자신을 보고 있는 게 느껴졌다. 등골이 쭈뼛 섰다. 승재는 다시 현우에게 전화를 걸었다. 마음이 급했다.

가까운 곳에서 진동이 울리고 있었다. 승재는 휴대폰을 들고 주변을 살폈다. 바텐더의 뒤쪽 바닥에서 빛을 발하는 물체가 보였다. 물속에서 굴절된 푸른 빛이 수면 위에서 흔들리고 있었다.

현우야…… 승재가 자신도 모르게 중얼거렸다. 베니스의 수로 속으로 현우가 사라진 건가. 바텐더가 그를 보고 미소를 지었다. 손에는 어느새 십자가 목걸이가 들려 있었다. 승재는 자신도 모르게 뒷걸음질 쳐서 클럽을 빠져나왔다. 가드는 잠자코 문을 열어주었다.

숨을 몰아쉬며 밖을 둘러봤다. 어둠에 잠겨 형체를 파악할 수 없는 베니스의 골목이 보였다. 현우의 모습은 찾을 수 없었다. 승재는 절박한 심정에 다시 전화를 걸었지만 전화가 연결되지 않는다는 메시지만 들을 수 있었다. 피콜로 몬도의 문을 두드렸지만 문은 꿈쩍도 하지 않았다. 다시 들여보내줘, 들여보내달라고! 어느새 간판의 불도 꺼져 있었다.

승재는 밤새 피콜로 몬도의 주변 골목을 걸어다니며 현우를 찾았다. 휴대폰은 배터리가 다 됐고 한번 젖은 신발은 마르지 않았다. 도시 전체가 물속에 잠긴 것처럼 축축했다. 승재는 죄책감에 몸을 떨었다. 내가 계단을 올라갔다면, 비겁하게 클럽을 나오지 않았다면 현우를 찾을 수 있었을 텐데……. 승재는 완전히 지친 몸을 이끌고 지인이 있는 호텔로 향했다. 도움을 청해야 했다.

정오의 호텔 로비는 사람들로 부산했다. 카페 테라스에 지인이 앉아 있는 게 보였다. 그리고 맞은편에 익숙한 실루엣의 사람이 보였다. 현우였다. 승재의 다리에 힘이 풀렸다. 그가 기절하기 전 마지막으로 본 건 쓰러진 그를 위에서 내려다보는 현우의 얼굴이었다.

불안은 영혼을 잠식한다

베를린 테겔 공항은 이상한 곳이었다. 입국 심사가 없었다. 사람들을 따라 5분 남짓 걸었나. 갑자기 모든 상황이 종료되어 있었다. 보더 라인을 넘었고 돌아갈 수 없었다. 짐은? 25킬로그램을 꽉 채운 두 개의 캐리어는? 상민이 짐을 찾으러 들어가려고 하자 공항 직원이 단호히 막았다. 짐을 두고 왔습니다. 배기지 서비스 센터로 가세요.

그래서 이렇게 된 거야. 속옷도 양말도 현금도 없이 카드 지갑과 페미니즘 책 한 권, 은둔한 철학자 책 한 권만 가지고 숙소에 오게 된 거라고. 상민은 이튿날 도착하게 된 현수에게 말했다. 캐리어에는 현금 5백만 원과 노트북, 세 달 동안 입을 옷

등 모든 게 들어 있었다. 현수는 발을 동동 굴렀다. 당장 안 찾고 뭐했어? 그냥 두고 온 거잖아.

문제는 그리 간단하지 않았다. 테겔 공항은 일처리가 느리기로 소문난 곳이었고 주인을 찾지 못한 짐이 수천 개나 있었다.

그러니까 그게 벌써 일주일 전 일이다. 현수는 상민과 만난 지 반년가량 됐고 3개월간 베를린 레지던시에 머무는 그와 함께 있기 위해 2주간의 휴가를 썼다. 그리고 일주일 동안 짐이 없는 남자친구와 베를린에 있게 된 거였다.

그래도 천만다행이지 뭐야.

일주일이 지나고 공항 배기지 서비스 센터에 들렀지만 또다시 허탕을 친 뒤, 현수는 짐짓 쾌활한 척하며 말했다.

뭐가?

나는 무사히 왔잖아.

상민은 고개를 끄덕였다. 할 말이 없었다. 파리랑 빈을 가기로 했는데 벌써 일주일이 지났다. 그동안 매일 공항에 갔다. 프렌츨라우어 베르크에서 트램을 타고 알렉산더 플라츠에서 TXL 버스를 타고 50분이 걸려 공항에 갔고 한 시간을 기다려

짐을 찾지 못했다는 소식을 들었다.

어떻게 이렇게 전근대적일 수가. 전화로도 웹으로도 확인이 안 되다니. 그러나 상민은 의연한 척했다. 공항에서 돌아오는 길에 현수와 베를린 돔에 갔고 자전거를 타고 프리드리히샤인을 돌아다녔으며 함부르크반호프에서 요제프 보이스의 작품을 봤다.

현수는 상민이 짐을 못 찾게 될까봐 불안했다. 관광을 해도 전혀 기분이 안 났다. 그러나 말하지 않았다. 상민이 더 불안해할지도 모를 일이고 왜 짐을 두고 왔냐고 탓하는 것처럼 들릴지도 모를 일이었다. 그들이 머무는 에어비앤비의 와이파이 비번은 'Fear eats soul'이었다. 주인이 영화를 좀 봤네. 상민이 말했다. 응? 라이너 베르너 파스빈더의 영화 제목이잖아. 불안은 영혼을 잠식한다. 그렇구나. 우리도 오늘 밤에 노트북으로 영화 볼까? 아, 참. 노트북은 캐리어에 있지…….

한국에서 상민은 빈틈이 없었고 흔들림이 없었다. 원하는 장소를 정확히 알았고 불필요한 곳에는 가지 않았다. 손톱은 바짝 잘랐고 셔츠는 보기 좋게 맞았고 몸에서는 좋은 냄새가 났다(향수는 아니었다. 그는 몸에서 특정 브랜드의 냄새가 나는 걸 혐오했다). 지금은 품이 맞지 않은 티셔츠에 반바지 차림이었다. 평소에 먹는 알레르기 약을 먹지 못해 피부는 뒤집어졌고 사용하던 헤어 제품이 없어 머리는 엉성했다. 위치를 옮길 때마다 쩔쩔맸고 땀에 절어 화장실을 찾아 헤맸다.

흐트러진 모습이 더 매력적으로 보이는 건 아니었다. 현수도 그와 함께 당황했다. 이럴 때 더 좋아해야지, 이런 모습 실망이군 같은 생각을 할 정신도 없었다. 걱정이 됐고 한편으론 답답했지만 기다리는 수밖에 없었다. 다행히 그는 말이 없었다. 안달 날 수 있는 상황이었지만 한숨을 크게 쉬는 걸로 끝이었다. 그래서 답답한 건가. 생각보다 말이 없는 사람이군. 함께 여행을 온 건 처음이었고 예상과 다른 여행이 되었지만 아무튼 그렇군. 현수는 관계에서 처음으로 우위를 점했다는 생각이 들었다.

짐은 언제 찾을 수 있을지 모르는 거지?

그렇지.

그럼 파리는 나 혼자 갔다 올까? 현수가 말했다.

그럴래? 상민이 말했다. 나는 괜찮아.

좀 미안하긴 했지만 겨우 낸 연차고 일주일 동안 함께 공항을 왔다 갔다 했으니 할 만큼 했다고 생각했다. 그녀는 바로 표를 예매했다.

다음 날 상민과 현수는 공항으로 향했다. 수속을 밟고 남는 시간에 다시 배기지 서비스 센터에 갔다. 그런데 상민의 짐이 준비되어 있었다. 찾았다! 상민이 소리쳤다. 현수도 비명을 질렀다. 우와! 그런데 속으로 불안한 마음이 들었다. 파리는 그럼 어떡하지? 괜히 혼자 간다 그랬나? 잠시 못 참고 그딴 소리를 하다니 내가 나쁜 년인가. 상민이 갑자기 캐리어를 열더니 옷가지와 몇몇 물건과 돈을 꺼냈다. 그러고는 두 개의 캐리어를 보관 센터에 맡기고 에어프랑스 창구로 가서 파리행 티켓을 끊었다. 다행히 표가 있었다.

정말…… 현수가 고개를 설레설레 저었다.

가자! 상민이 말했다.

정말 신나는 여행이 되겠네. 현수가 생각했다.

산책하는 침략자

메구로구에 속하는 나카메구로는 뚜렷한 개성을 지닌 지역입니다. 메구로강을 끼고 있어 살짝 유럽 느낌마저 드는 나카메구로는 커피 타임에 잘 어울리는 아트 북을 뒤적이고 행상에게서 빈티지 양복을 득템하는 등 여유로운 일상을 살아볼 수 있는 동네입니다.

에어비앤비의 나카메구로 소개다. 배경 화면은 일드에 나왔다는 벚꽃이 핀 메구로강의 풍경이다. 2016년 3월 말 나카메구로에 갔을 때는 벚꽃이 한창이었고 벚꽃의 수만큼 사람도 많았다. 나는 벚꽃 시즌에는 절대 일본에 오지 말아야겠다고 생각했다.

나카메구로를 다시 찾은 건 2017년 2월 초다. 이번에는 일본의 아파트먼트에서 꼭 잠을 자겠다고 생각했고(아파트가 아니라 아파트먼트라고 해야 한다) 에어비앤비로 적절한 곳을 찾았다. 조건 1. 지나치게 세련되지 않을 것. 조건 2. 지나치게 숙박업소 같지 않을 것. 조건 3. 오래된 아파트일 것(가장 중요).

후보가 생각보다 많지 않았다. 내가 찾은 곳은 나카메구로에서 다이칸야마로 가는 방면의 도로에 면해 있는 14층짜리 아파트로 다른 건물에 가려 대로에서는 보이지 않았다. 근처에 육교가 있었고 도로 아래로 내려가면 나카메구로 중심가로 통하는 길이 있었다.

완벽해. 나는 상우에게 말했고 상우는 고개를 저었다. 에어비앤비는 아니에요. 상우는 대만에 있었다. 그는 대만에서 도쿄로 오겠다고 했다. 나는 굳이 왜? 라고 생각했지만 묻지 않았다. 그러나 상우는 내 생각을 읽은 듯 말했다. 외국에서 외국으로 이동하는 것. 그게 제가 원하는 삶이에요. 아무튼 에어비앤비는 안 돼요. 재차 말하는 상우의 목소리가 끊겨서 들렸다. 왜요? 일본에서 에어비앤비는 하지 않는 게 원칙이에요. 나는 고민해보겠다고 하고 그냥 에어비앤비를 예약했다. 도쿄의 아파트먼트란 말이야. 한국의 아파트가 아니라.

나는 일본 아파트먼트의 타일을 사랑한다. 나는 일본 아파트먼트의 외부 계단을 사랑하고 현관을 사랑하며 엘리베이터와 발코니를 사랑한다. 그러니까 잠시나마 그곳에서 살아보고 싶다. 숙박업소가 아닌 곳에서, 현관이나 엘리베이터에서 주민과 마주치면서 말이다.

주민과 마주치긴 했다. 아무런 의미가 없었다는 게 문제지만. 더 큰 문제는 집이 더러웠다는 사실이다. 천장에는 곰팡이가 피었고 벽지는 습기로 울었으며 담 소재의 이불은 지저분했고 베갯잇은 성조기였다. 뭐야 이건. 짐을 풀고 처음 한 건 화장실 청소였다. 수챗구멍에서 머리카락을 한 다발은 걷어냈다. 청소를 끝낸 뒤에는 샤워실의 반투명한 유리문을 닫고 샤워를 했다. 오래된 아파트 특유의 웅웅거리는 소리가 들렸다. 어디서 나는 소리지. 나는 샤워를 하다 말고 밖으로 고개를 내밀었다. 어둡고 축축한 방에 안개 같은 습기가 가득 차 있었다. 발코니에 누가 서 있는 것 같았다. 흠칫했지만 기분 탓이겠지 생각했다. 다시 보니 건너편 집의 발코니에 누가 서 있었다. 꼭 나를 쳐다보고 있는 것처럼 느껴졌지만 그럴 리 없었다. 나는 다시 샤워실에 쭈그리고 앉아 머리를 감았다. 왠지 불안해서 샴푸를 할 때도 눈을 감지 않았다. 눈이 따끔거렸지만 억지로 참았다.

상우는 이틀 후에 왔다. 우리는 나카메구로 역 입구의 쓰타야 서점에서 만났다. 상우는 흠뻑 젖은 모습이었다. 꼴이 왜 이래요? 대만에 있는 내내 비가 왔어요. 그는 방에 들어가자마자 카키색 트렌치코트를 벗고 침대에 누웠다. 생각보다 괜찮네요. 우선 좀 잘게요.

나는 상우를 두고 나와 걷기 시작했다. 나카메구로에서 아오바다이를 지나 요요기 공원을 거쳐 메이지 신궁까지 걸었다. 너무 많이 걸어 메이지 신궁에 도착할 때쯤에는 발바닥이 사라진 느낌이었다. 하라주쿠의 카페에 들어가 떡과 아이스크림을 먹으며 당을 충전하고 에비스의 숍에 들러 이것저것 둘러봤다.

저녁이 되어 집에 돌아오니 상우가 깨어 있었다. 상우의 길고 출렁이는 검은색 단발머리에서 유독 윤기가 흘렀다. 나가자고 했지만 나는 우선 좀 자야겠다고 말했다.

세 시간쯤 잔 것 같다. 휴대폰을 보니 상우의 문자가 와 있었다. 집 앞의 바인데 괜찮으면 와요. 밤 10시였다. 나는 모자를 쓰고 밖으로 나갔다. 가는 비가 바람에 흩날리고 있었다. 바는 허름한 상가의 2층에 있었다. 이름은 'bar perro'. 인테리어랄 게 없었지만 이교도의 굴처럼 아늑했다. 두 명의 바텐더가 있었고 바에는 상우를 비롯한 두어 명의 남녀가 있었다. 상우는 바 끝에 앉은 여자를 가리키며 저 분이 사장이래요, 라고 했다. 삼십 대 후반의 여자로 인물이 대단했고 웃음이 잦았지만 거리 조절이 훌륭한 사람이었다. 우리는 사장과 잠깐 대화를 나눴다. 곧 세 명의 남자 손님이 왔는데 세 명 모두 인물이 특출났다. 뭐야 이 바는. 내가 말했다. 상우가 선글라스를 끼고 들어온 남자를 가리키며 영화배우라고 했다. 검색해보니 꽤 알려진 중년 남자 배우였다.

사장은 그들을 피해 우리 곁에 앉았다. 왠지 신이 나서 안 되는 영어와 일본어로 이 말 저 말 떠들었다. 그녀 역시 영어가 부족했지만 열심히 듣고 이야기했다. 대화가 갑자기 끊긴 건 내가 10분 거리에 있는 아파트에 머문다고 했을 때부터였다. 그녀는 육교 옆에 있는 아파트냐고 했다. 내가 맞다고 방은 지저분하지만 분위기는 나쁘지 않다고 하자 그녀의 표정이 굳었다. 시종일관 웃음기가 있던 전과 달라 큰 실수를 한 느낌이었다. 그녀는 바텐더에게 뭐라고 얘기하고는 짐을 챙겨 일어났다. 당황한 내가 즐거웠다고 했지만 그녀는 흘깃 볼 뿐 별말을 하지 않았다. 그녀는 세 명의 남성에게 다가가 뭐라고 소곤소곤 말했다. 그러자 남자들이 나를 빤히 쳐다봤다. 무례할 정도의 시선이었지만 따지기엔 외국어 실력이 달려 잠자코 있었다. 상우는 개의치 않는 눈치였다. 그는 이미 술에 취한 것 같기도 했다. 나는 계산을 하고 일어났다. 상우는 더 있다가 온다고 했다.

방에 돌아오니 문이 열려 있었다. 잠그고 나왔던 것 같은데. 불을 켰는데 형광등이 깜박이더니 불이 나갔다. 짜증이 확 몰려왔는데 순간 섬뜩한 기분이 들었다. 앞을 보니 발코니에 누군가 서서 나를 보고 있었다. 검은 머리를 길게 늘어뜨린 사람

이었다. 당황해서 말이 나오지 않았는데 다시 보니 상우였다. 아…… 언제 왔어요? 내가 말하며 발코니로 다가갔다. 그런데 뭔가 이상했다. 상우가 고개를 들었는데 얼굴이 보이지 않았다. 얼굴에 그늘이 져 있었다. 상우가 서 있는 발코니 바닥이 물기로 흠뻑 젖어들었다. 상우씨, 괜찮아요? 그의 어깨에 손을 올렸는데 물컹했다. 깜짝 놀라 보니 상우가 아니라 중년 남자 배우였다. 그가 선글라스를 벗었다. 눈이 있어야 할 곳에 검고 축축한 구멍이 뚫려 있었다.

으악! 내가 비명을 지르며 일어나자 상우가 옆 침대에 누워서 말했다. 악몽 꿨어요? 나는 고개를 끄덕였다. 에어비앤비에 머문 4박 5일 내내 악몽을 꿨다. 상우가 말했다. 일본에서 에어비앤비는 안 된다고 했잖아요.

왜냐하면 우리의
인생은

이 작품은 허구이며 사실과 유사한 지명이나
상황은 우연의 일치임을 밝힌다

삼촌에 대해 쓰겠다고 여러 번 생각했다. 그런데 뭐라고 쓰지? 이 얘기를 어떻게 쓸지 모르겠다. 사실 그에 대해 써도 되는지도 모르겠다.

삼촌은 게이다. 문제는 그가 커밍아웃하지 않았다는 사실이다. 내가 쓰는 글이 아웃팅이 될지도 모른다. 아빠는 그가 게이라는 사실을 짐작하고 있지만 현실을 부정하고 있다. 게이인 이유를 조목조목 대면 고개를 끄덕이다가도 진저리를 친다. 어디 가서 그런 끔찍한 소리 하지 마라! 그게 왜 끔찍해! 아빠는 잠시 생각하다 말한다. 애를 못 낳잖아! 애는 나도 안 낳을 건데! 어디 가서 그런 끔찍한 소리 하지 마라!……….

그러니 삼촌이 죽기 전까지는 그가 게이라는 내용의 글을 쓰면 안 된다. 어쩌면 죽은 후에도…….

차라리 살아 있을 때 쓰는 게 나을지도 모른다. 그러면 반박이라도 할 수 있지 않은가! 아니면 인정이라도…….

이런 이유 때문에 나는 그에 대해 글을 쓰려고 했지만 쓰지 못했다. 동성애자라는 정체성을 빼면 그에 대해 할 얘기가 별로 없다. 게다가 나는 삼촌을 잘 모른다. 만나서 대화를 나눈 게 손에 꼽을 정도다. 그는 내가 태어날 즈음에 뉴욕에 갔고 30년간 세계를 떠돌며 살았다. 필라델피아, 로스앤젤레스, 도쿄, 누르술탄, 뮌헨, 두바이, 더블린…… 더블린에서는 식당을 했다고 한다. 아빠에게 놀러 오라고 했지만 잉글랜드와 아일랜드를 구분하지 못하는 아빠는 굳이 더블린까지 가서 밥을 먹고 싶어 하지 않았다.

아무튼 나는 그를 몇 번 못 봤지만 적은 만남에도 불구하고 그는 여러 에피소드를 남겼다. 대단한 재능이었다. 문제는 에피소드의 중심에 항상 그가 게이라는 사실이 자리하고 있다는 거다. 마치 빅토리아 시대의 소설에서 섹스가 언급되지 않지만 모든 일이 섹스를 중심으로 돌아가듯이.

그러니 게이라는 사실을 빼면 글을 쓸 수 없어.

내가 친구에게 말했다. 삼촌 이야기를 글로 써도 되는지 안 되는지 고민 중이라고 친구에게 말하자 그는 소설이냐고 물었다.

응, 소설이야.

그럼 써도 되겠네.

근데 사실이야.

사실이야? 그럼 안 되지. 아웃팅이잖아.

그렇지? 근데 소설로 발표할 생각이야.

소설로?

응, 소설로.

그럼 괜찮겠는데.

근데 소설인데 사실이야.

그럼…….

친구는 그 소설을 삼촌이 본다고 생각하면 어떠냐고 물었다. 나는 좀 미안할 것 같다고 말했다.

FAKE

REALITY

REALITY

FAKE

그럼 안 돼. 쓰지 마. 친구가 말했다.

그런데 삼촌이 내 소설을 볼까? 내가 소설가라는 것도 모를걸.

그래? 그럼 아빠한테는 미안해?

전혀.

내가 말했다. 아빠는 내 소설을 본다. 좋아하지도 않으면서 왜 보는지 모르겠다. 아빠는 친동생이 동성애자라는 사실을 인정하지 않으니 상처를 받을지도, 놀랄지도 모른다. 하지만 아빠에게 미안하진 않다. 삼촌을 인정해야 돼, 아빠.

그럼 써도 돼. 친구가 결론을 내리듯 말했다.

아웃팅인데…….

소설이라며?

그렇지. 그런데 사실이라니까.

소설이라고 하면 되잖아.

소설이라고 하면 되는 게 아니라 소설이야.

그런데 사실이라고?

응.

친구가 말을 멈추고 나를 빤히 바라봤다. 잠시 정적이 흘렀다. 근데 삼촌은 어떤 사람이야?

삼촌은…….

내가 말했다. 그리고 생각했다. 그는 어떤 사람일까. 내가 그에 대해서 써도 될까.

보이지 않는

예전에, 그러니까 문학에 한창 빠져 있고 작가들 이름으로 웹 서핑을 자주 하던 시절에 알게 된 사실인데 1970년, 68혁명 이후 2년이 지났고 칠레에는 살바도르 아옌데의 사회주의 정권이 들어섰으며 서독에서는 바더 마인호프 그룹이 결성되었고 마리화나 소지죄로 체포되어 30년형을 받은 티모시 리어리가 극좌 테러단체인 웨더맨의 도움을 받아 탈옥한 그해, 컬럼비아대학 재학생이자 심야 극장을 떠돌며 장기 상영을 이어가던 몬테 헬맨의 〈바람 속의 질주〉 따위를 보고 시답잖은 프랑스어 번역 일로 생활을 연명하던 시인 지망생 폴 오스터는 히피이거나 테러분자 비슷한 친구들과 어울리는 바람에 블랙팬

서당을 지지하는 연설을 하기 위해 뉴욕에 온 장 주네의 통역을 맡게 되었던 거였다. 폴 오스터 본인 말에 의하면 지나가던 길에 친구에게 덜미를 잡힌 것에 불과했지만 언제나 그렇듯 본인 말은 믿을 게 못 되고 어쩌면 그는 열성적인 혁명분자, 마오의 포스터를 방에 붙이고 벨벳 언더그라운드를 들으며 크리스토퍼 스마트의 「다윗 찬가」를 밤새 베껴 쓰는 구제불능의 환자였을지도 모르고 그러니 별것 아닌 프랑스어 실력에도 불구하고 범죄자, 배덕자, 도둑놈, 악의 화신, 대머리, 강간범(이건 밝혀지지 않았다), 영화감독인 장 주네의 연설을 통역했을지도 모르는데, 나는 이러한 사실을 장 주네를 검색하다 알게 되었지만 정확히는 에드워드 사이드의 『말년의 양식에 관하여』에 다음과 같은 이야기가 나온다. 그가 컬럼비아대학에서 교수를 하던 시절 블랙팬서를 지지하는 정오 집회가 열릴 예정이었고 장소는 학교의 행정 건물인 로 라이브러리의 계단이었다고, 집회의 연설자는 대서양을 건너 온 장 주네로 에드워드 사이드는 예의 변함없는 장 주네의 태도, 주변의 광란과 세상의 광기, 절망과 냉소에 덤덤하고 침착하게 대응하면서도 특유의 냉엄

하고 아름다우며 간결한 언어를 놓지 않은 연설과 내면을 짐작할 수 없는 편안하고 일상적인 옷차림에 깊은 인상을 받았지만 장 주네의 통역을 맡은 자신의 제자는 수업 때도 그랬듯이 과장되고 산만하고 장식적인 언어를 구사해 장 주네를 장광설에 환장한 프랑스의 미친 시인으로 치장해버려 아쉽기 그지없었다.

에드워드 사이드는 제자의 이름을 이야기하지 않았고 전 세계를 떠돌며 온갖 종류의 소수자, 가난한 자, 핍박받는 자, 도망자, 아름다운 자를 변호하고 다녔던 장 주네 역시 이러한 일 따위는 따로 기록하지 않았으니 정확한 사실은 누구도 알 수 없을지 모르나 정황을 보건대 사이드의 제자 x가 누구인가 하는 수수께끼는 어렵지 않게 풀릴 수 있다는 사실을 사이드와 폴 오스터의 책을 모두 읽은 나는 장 주네의 이름으로 웹 서핑을 하던 중에 블로그를 보고 알게 된 것이다.

폴 오스터는 장 주네를 입가에 미소를 머금고 귀 뒤에 빨간 꽃을 꽂은 채 교정을 돌아다니는 전설의 시인으로 묘사하는데 여기서 주네의 모습은 사이드가 기억하는 것과 거리가 아주

Jean Genet
paul Auster
1970
invisible

멀기에 이상하지만 그것이 불가능한 일이라는 생각은 들지 않는다. 통역의 부정확성이 문제라면 폴 오스터가 『빵 굽는 타자기』에 짧게 썼듯 무보수였으니 그를 탓할 순 없으리라. 어차피 누가 귀 기울여 듣겠는가. 1970년 그 광란의 교정에서 내용은 중요하지 않았을 것이다. 놀라운 일은 이 내용이라는 것이 우리가 기록으로 모든 것을 남길 수 있는 시대에 와서 더더욱 중요성을 띠고 있다는 사실, 세계적인 석학과 세계적인 작가 모두 다르게 기억해버리고 한쪽은 넌지시 비판을 하고 있기까지 한 내용이지만 누구의 편을 든다거나 기억의 자의성, 임의성을 이야기하려는 게 아니라, 정말 내용이란 무엇이지 하는 생각이 들고 마는데 움베르토 마투라나의 말마따나 우리의 시각과 우리의 청각, 우리의 인지는 단 0.1나노초도 해석 없이 외부의 일을 받아들이지 못하는 것으로 내용이란 내용 그 자체로 존재할 수 있는지, 늘 섞이고 마는 내용이 어째서 어떤 이들에겐 공통적으로 다가갈 수 있는지, 어떤 이들에겐 상반되게 다가갈 수 있는지, 여기서 그 공통성을 꿰뚫는 정확성이라는 게 존재할 수 있는지, 그것을 추구하는 일이 미학적으로 도덕적으로 윤리적으로 옳거나 가치 있는 일일 수 있는지를 새삼 생각하게 되는 것은 내가 한때 장 주네를 너무나 좋아했지만 지금은 그의 책을 찾아 읽지 않은 지 오래되었고 그의 책을 다시 읽어도 아무런 감흥을 받을 수 없으며 그럼에도 그의 마지막 희곡과 자서전-소설인 「병풍들」과 『사랑의 포로』가 번역되길 기다리고 있다는 사실, 나는 그 책들을 사기 위해 돈을 지불할 것이고 두세 페이지 읽게 될 것인데 그것에 무슨 의미가 있을까, 2018년 여름 베를린에 3주간 머물며 들른 모든 서점에서 제발트의 책을 찾았지만 거의 눈에 띄지 않았고, 나는 늘 내 머릿속에서 벌어지는 일만이 흥미롭고 눈앞에서 피부로 직접 겪은 일은 글로 쓰고 싶지 않은데 그것이 왜 잘못된 일인지 왜 그런 일이 일어나게 되었는지 아무리 생각해도 알 수 없는 것이다.

폴 오스터는 그의 열다섯 번째 소설 『보이지 않는』을 출간하고 난 뒤 진행한 인터뷰에서 이 에피소드에 대해 말했다. 이미 에드워드 사이드도 죽었고 장 주네도 죽은 뒤여서 어떤 확인도 불가능하지만 그 시절 내내 수줍기 그지없었던 나로서는 사이드의 기억이 당황스러울 뿐이고 그와 나 사이에 존재하는 기억의 빈 공간, 세계의 여백에 대해 생각하게 된다. 이 에피소드와 『보이지 않는』의 이야기는 직접적으로 연결되어 있지 않지만 시간이라는 측면에서, 그 불확실하고 영원히 반복되는 기이한 추상 속에서 연결되기에 관련이 있다. 『보이지 않는』에서 장 주네와 폴 오스터의 만남은 다음과 같이 다시 쓰인다. 나는 1967년 봄에 그와 처음으로 악수를 했다. 당시 나는 컬럼비아 대학 2학년생이었고 책만 좋아할 뿐 아무것도 모르는 숙맥이었다. 하지만 언젠가 훌륭한 시인으로 이름을 날려보겠다는 믿음(혹은 망상) 하나만은 굳건했다.*

---

* 폴 오스터, 『보이지 않는』, 이종인 옮김, 열린책들, 2011, 7면

지하 싱글자의 수기

사람이 혼자 사는 것이 좋지 아니하니……

— 창세기 2장 18절

독신 여성의 가장 큰 고충은 자신을 시집보내려는 사람들과 맞서는 것이다.

— 헬렌 걸리 브라운

1

비혼 유예 기간이 일주일 남았음을 알려드립니다. 장다름

Gendarme은 메시지를 확인하고 곧장 팸에게 전화를 걸었지만 팸은 받지 않았다. 더 이상 미룰 순 없었다. 두 번이나 기간을 연장했고 그것만으로 리스트에 올랐을 것이다. 이 말인즉 앞으로 혼자 살 일은 없다는 뜻이다. 감옥에 들어가지 않는 이상 말이다.

혼자 살기 위해선 도망쳐야 했다. 신분을 위조하든가, 불법 체류자처럼 숨어 살아야 했다. 혼자 살기 위해서 그렇게까지 해야 돼? 상근이 말했다. 다들 결혼하는데 너도 좀 해. 국가도 위하고 부모도 위하고. 이기적으로 혼자 살 생각 그만하고.

2

비혼은 법으로 금지되었다. 급증하는 1인 가구와 사상 최악의 인구절벽을 겪은 나라들은 적극적으로 결혼과 출산을 권장하는 걸 넘어 혼자 사는 사람을 '악'으로 규정했다. 조짐은 한참 전부터 있었다. 경기가 침체되고 범죄율이 상승하면서 반동적인 의견이 고개를 들었다. 독신은 무책임, 방기 등 이기적인 현대인의 속성과 연결되었고 부적응, 비정상, 범죄, 부패의 온상으로 거론되었다. 통계적으로 기혼자보다 미혼자의 범죄율이 훨씬 높다. 기혼자의 수명이 더 길고 행복도가 높다는 통계도 있었다. 이러한 통계를 두고 말이 많았다. 이혼율이 절반이 넘는데 이 사람들은 어느 쪽에 포함시킨 건가. 개인의 행복을 통계로 치환할 수 있나. 사람들은 반발했지만 한번 타기 시작한 바람을 막을 순 없었다.

스테판 라딜의 말이 맞았어. 팸이 말했다. 스테판 라딜은 사회학자로 1995년 독일 연방 총리실의 청탁을 받아 「독신자 사회」라는 논문을 썼다. 독신 사회는 21세기 인류가 맞이할 가장 큰 변화다. 역사상 최초의 일이며 충격적인 사회적 실험이다. 스테판 라딜은 다음과 같이 말한다. 독신 인구의 대부분은 특정 문화 경향, 정치 성향에 편중되어 있습니다. 그들은 녹색당에 투표하고 일회용품을 멀리하는 중산층 출신의 인텔리입니다. 극우 정당에 투표하는 독신자는 없습니다.

팸의 의견은 다음과 같다. 그러니까 비혼과 기혼의 문제는 사실 정치, 문화의 영역이라는 거야. 사람들은 이걸 생활의 영역으로 생각하지만 그렇지 않아. 세계경제가 추락하면서 파시즘, 극우, 보수적인 경향이 득세했고 비혼을 법으로 금지하는 결과에 이른 거지.

좀 극단적인 생각 아니야? 장다름이 반대 의견을 냈다.

전혀. 팸이 말했다.

3

법은 합리적인 사회의 테두리인 동시에 광기의 대변자다. 동성애 금지법, 금주법, 낙태 금지법, 흡연권 박탈, 테러방지법, 이민법, 병역법, 임대차 보호법, 재산권……. 한 시대나 사회에서 당연하게 권장되거나 금지되는 것이 어떻게 변화하는지 보라. 법의 가장 중요한 기능은 선택과 배제다.

4

물론 이건 팸의 의견이다. 그는 스물네 살에 결혼해 두 자녀를 두었으나 서른에 이혼하고 여성으로 성별을 바꿨다. 여자가 되고 난 뒤에는 싱글로 사는 삶을 한 번도 포기하지 않았다.

성기 때문이야.

무슨 말이야?

성기는 세로형, 수직 구조물이지. 이성, 신앙, 위계, 질서. 인간이 왜 이렇게 생겨먹은 줄 알아? 직립보행 때문이야. 네발로 걷기 시작하면 지금의 사회문제 대부분이 해결될 거야.

헛소리였지만 아주 생뚱맞은 소리는 아니었다. 토머스 트웨이츠의 장난스런 염소 실험 이후 인간의 동물화를 위한 운동은 트랜스휴머니즘의 한 축을 이루며 큰 바람을 탔다.

미래의 인간은 둘 중 하나를 선택해야 해. 동물이냐 기계냐.

너는 상황을 과장하는 경향이 있어. 장다름이 말했다.

팸은 고개를 저었다. 멍청아. 그건 네가 기득권이라서 그렇게 생각하는 거야.

내가 기득권인가? 그럴지도 모른다. 장다름은 서울의 중산층 가정에서 태어난 남성 이성애자, 게다가 외동아들이다. 중요한 건 싱글을 선택하는 순간 한 줌에 불과한 기득권의 위치

조차 박살 날 거라는 사실이다. 범법자가 되고 낙인이 찍힌다.

그런데 이걸 어쩌지. 장다름은 생각했다. 혼자 사는 게 너무 좋다.

5

제일 좋은 건 아침에 눈을 떴을 때 집에 아무도 없다는 거야. 완전한 고요. 신경 쓸 사람이 없다는 거. 천천히 일어나도 되고 음악을 플레이해도 돼. 장다름의 경우는 나탄 밀슈타인을 듣는다. 바흐의 〈무반주 바이올린 소나타와 파르티타〉. 모든 걸 내 리듬에 맞출 수 있어. 장다름은 블라인드 사이로 들어오는 햇살을 보며 한숨을 길게 내쉰다. 한숨은 순간의 무한한 자유를 의미한다. 누구도 나를 터치하지 않고 나도 누군가를 터치하지 않을 수 있는 자유.

6

그런 순간에 사랑하는 사람이 함께 있으면 얼마나 좋아. 안 그래?

7

악성 자기애. 상근이 장다름을 지칭하는 말이다. 타인을 배려하지 않는 사람, 사회에 관심이 없는 사람, 더불어 함께 살려고 노력하지 않는 사람.

감정 없지? 사랑하는 사람하고 연대감 못 느끼지? 어릴 때 길고양이 막 잡아서 죽이고 그랬지?

오버 좀 하지 마.

장다름이 말했지만 그가 일반적인 사람에 비해 감정이 메마른 건 사실이다. 1인 가구 수가 급증하던 시기에 싱글 옹호론자나 연구자 들은 혼자 사는 이들이 감정적으로 더 풍부할 수 있다는 사실을 강조했다. 혼자 사는 이들이 사회생활, 유대에 더 적극적이며 관계 지향적이다. 그러니 초솔로 사회가 도래해도 걱정할 거 없다. 사람들은 혼자 살면서 연애도 하고 애도 낳

고 친교도 쌓는다. 그게 21세기 사회의 특징이다.

그러나 장다름이 생각하기에 이러한 주장은 오류였다. 혼자 사는 이들을 옹호하기 위해 그들을 더 인간적으로 그릴 수밖에 없었던 점은 이해하지만 일종의 정신적 퇴행이다. 인간의 감정이 과거와 다른 방식으로 작동한다고 해서 꼭 비인간적인 건 아니야. 신체적 관계, 물리적 유대의 필요성을 느끼지 않는 인간이 늘어나고 있다면? 이게 새로운 시대의 종특이라면? 사람들은 이런 주장을 두려워했다. 인간성 상실 같은 단어를 들먹이면서. 그들은 지구가 멸망이라도 할 것처럼 굴었다.

장다름이 결혼을 하지 않은 건 아니다. 꽤 오랜 시간 결혼생활을 유지했고 특별한 문제는 발생하지 않았다. 특별함의 범위를 어디까지로 산정하느냐에 따라 다르지만 말이다. 문제는 장다름이 특별하지 않은 문제도 참을 수 없었다는 거다. 왜 그렇게 살아야 하는지 이해할 수 없어. 그냥 혼자 살면 안 되나.

그러니까 네가 소시오패스라는 거야. 눈을 보면 알 수 있어. 소시오패스 새끼.

상근이 말했다. 그는 경찰이다. 장다름과는 30년 된 친구로

호시탐탐 장다름을 체포할 기회를 엿보고 있다.

8

다큐멘터리 영화 〈나, 사이코패스〉는 샘 바크닌이 자신의 정신적 문제를 극복하는 이야기다. 그는 자신이 정서적 흡혈귀였다고 고백한다. 사람들의 애정과 관심을 이용하는 겁니다. 그걸 토대로 제 배를 불리고 때가 되면 가차 없이 그들을 버리는 거죠. 그래야 혼자만의 삶을 영위할 수 있거든요.

〈나, 사이코패스〉는 샘이 셀프-러브 자가 진단 테스트에 체크를 하는 장면에서 끝난다. 철저히 혼자 남겨진 샘은 해변이 보이는 바하마의 바에서 밤을 새우고 테이블에 앉아 테스트에 임한다. 지평선 너머 해가 천천히 떠오르고(왜 이따위 배경인지 모르겠다) 항목을 하나하나 읽어나가는 샘의 눈에 눈물이 맺힌다. 얼마나 잘못 살아왔는지, 얼마나 많은 사람들에게 상처를 입혔는지, 얼마나 교만했는지.

9

법으로 정해진 독신 조정기간은 6개월이다. 여러 사항을 고려해 3개월에 걸친 두 번의 유예기간이 주어진다. 약혼자의 갑작스런 사망과 같은 아주 예외적인 경우를 제외하면 그렇다.

기간을 초과한 사람은 구금되고 재판에 넘겨진다. 정당한 사유 없이 결혼하지 않은 사람은 3년 이하의 징역형에 처한다.

국가는 행복한 결혼생활을 위해 무담보 저금리 주택과 가계대출 및 문화생활비 지원, 세금 감면 등 각종 복지를 마련해두었다. 출산까지 이어지는 것을 염두에 둔 복지로 출산을 하면 더 많은 혜택이 뒤따른다. 하지 않으면? 많은 것을 포기해야 할 것이다.

파트너를 만나는 건 어렵지 않다. 국가와 사기업에서 주관하는 만남이 줄을 잇는다. 원하면 하루에 세 탕도 뛸 수 있다. 그런데 결혼을 안 한다고? 대체 왜?

10

전 부인과 재결합을 염두에 둔 적도 있다. 선우와 장다름은 5년간 함께 살았다. 둘은 꽤 잘 맞는 사이다. 대화, 섹스, 식습관, 남 욕하는 취미, 집 밖으로 나가는 걸 싫어하는 것과 반려동물에 관심이 없는 것까지. 그만한 사람 만나기도 힘들지.

선우는 장다름과 헤어지고 5개월 뒤 다른 사람과 결혼했다. 여자였고 한 달 뒤 기증받은 정자로 임신했다.

얘길 하지 그랬어.

뭘?

아기 낳고 싶다고.

네 아기를 낳고 싶었던 건 아니야. 선우가 말했다.

11

장다름은 커피를 내리고 현관 밖으로 나왔다. 눈부신 햇살 아래 커다란 떡갈나무들이 서 있었다. 아침 바람, 나뭇잎, 그림자, 다시 바람, 새소리. 장다름은 머그 컵을 들고 나무 아래를 걸었다.

이 생활도 내일이면 끝이다. 장다름은 생각했다. 지금이라도 당장 누군가를 만나 혼인신고를 하지 않으면 거처를 옮겨야 한다. 거부자들이 사는 쪽방으로 들어가거나 지하생활을 해야 해. 그럴 가치가 있을까.

팸은 징역을 살고 난 뒤에도 지속적으로 거부자의 삶을 살고 있었다. 결혼은 군 복무와 달라서 한 번 징역을 살고 나온다고 끝나는 문제가 아니다. 의무는 다시 주어졌다. 당신이 이성애자든 동성애자든 트랜스젠더든 노인이든 가난뱅이든 부자든 상관없다. 결혼을 해라. 그 뒤의 문제는 국가가 해결해주겠다.

팸은 평생 쫓길 각오를 했다. 다시 결혼하라고? 차라리 죽음을 택할래. 팸은 일종의 혁명가이자 반체제 운동가가 되었는데, 주지했다시피 모든 게 너무 극단적이다.

결혼하기 싫다고 혁명까지 해야 돼?

역사는 투쟁을 통해 진보하는 거야.

팸의 말이다.

12

〈이혼 – 이탈리안 스타일〉은 마르첼로 마스트로이안니가 주인공인 고전 흑백영화다. 100년 전 작품으로 당시 이탈리아는 법적으로 이혼이 불가능한 나라였다. 당장 이혼을 하고 싶은 주인공은 아내를 죽이기 위해 총을 든다.

주인공의 첫 대사는 다음과 같다. 남쪽의 세레나데, 달콤하고 덥고 진 빠지게 하는 시칠리아의 밤들. 그리고 흑백 화면에 이탈리아 시골 마을의 유지와 노동자들이 등장한다. 그들은 종소리가 울리는 광장을 피켓을 들고 천천히 전진한다. 남자는 생각한다. 이 진보는 정말이지 너무 느리고 답답해! 그는 총을 든다. 진보를 한발 앞당기기 위해, 이혼을 위해, 자유를 위해.

영화의 감독은 피에트로 제르미다. 이 영화의 장르는 코미디다.

13

팸과 장다름은 개명에 관한 특별 조례에 의거해 스무 살에 이름을 바꿨다. 이름이라는 거 너무 이상하잖아. 애가 어떻게 생겼는지, 어떤 성격인지 모른 채 주어진다고. 아기일 때는 괜찮아. 그런데 자랄수록 이상하지. 내가 은미라고? 내가 영수같이 생겼어? 사람들은 저마다 자신의 이름을 고를 권리가 있다. 특별한 절차를 거치지 않고서도 말이다.

여론에 따라 개명 신청 및 가정법원의 허가 절차는 폐지되었다. 사람들은 사람들이 이름 가지고 장난칠까봐 걱정했지만 특별한 일은 없었다. 이름 가지고 장난친들. 자기 이름인데.

넌 원래 이름이 뭐였어? 팸이 물었다.

광수. 장다름이 말했다.

장다름은 무슨 뜻이야?

좋아하는 소설에서 따온 거야.

이름을 바꾼 사람일수록 싱글을 원할 확률이 높다는 거 알아? 팸이 말했다. 너도 이름을 바꿨잖아. 그러니까 넌 싱글로 지낸 팔자야.

14

팸과 그 일행은 자정에 장다름의 집에 도착했다. 마스크를 쓰고 단체로 맞춘 점프슈트를 입은 모습이 영락없이 광신도 컬트 집단 같았지만 그들은 스스로를 자율주의적 여성주의자라고 불렀다. 아우토노미아 페미니스타.

뭔가 또 알아먹을 수 없는 소리를 하는군. 장다름은 잠자코 그들의 지시를 따랐다. 미리 싸둔 캐리어를 나르고 신분을 증명할 만한 것들, 사진이나 증명서, 각종 편지 등은 검은 봉지에 담았다. 왜 이것들을 정리해야 되는 거야?

시간을 벌어야 돼.

팸이 말했다. 아우토노미아 페미니스타 중 하나가 망치로 장다름의 컴퓨터 하드디스크를 완전히 아작 냈다. 맙소사.

내가 그렇게까지 해서 추적할 가치가 있는 사람인가. 장다름은 자신이 사태의 심각성을 모르는 것인지 이들이 너무 심각한 것인지 알 수 없었다. 팸의 말에 의하면 해커에 의해 장다름의 계정에 있는 정보도 삭제됐으니 흔적을 찾는 데 꽤나 애를 먹을 거였다. 그들이 찾길 원한다면 말이다.

돈은?

장다름은 현금 다발을 내밀었다. 팸은 백팩에 돈을 쑤셔넣었다. 좋아. 가자.

뭔가 신난 거 같은데. 장다름은 속는 느낌이 들었지만 따질 정신은 없었다. 눈앞에서 일어나는 일이지만 현실감이 없었다. 그냥 확 결혼해버릴까. 그는 휴대폰을 꺼내 선우의 번호를 검색했다. 최근 몇 번 만났던 다른 여자도. 어느 쪽이 진짜 미친 짓인지 판단이 안 섰다.

문을 나설 때 팸이 그의 등에 손을 얹으며 말했다. 이제 진짜 도망자가 되는 거야.

15

자율주의적 여성주의자는 개별적으로 행동한다.

16

장다름은 자율주의자도 아니고 여성주의자도 아니다. 그는 단지 혼자 살기를 원했을 뿐이다.

그게 네가 자율주의적 여성주의자라는 뜻이야. 팸이 말했다. '이것이냐 저것이냐'지 그 외에는 없어.

17

장다름은 팸이 지정해준 셸터에서 살았다. 말이 좋아 셸터지 지하 10층 규모의 공간에 개미굴처럼 작은 방을 수백 개 만든 공동주거 콤플렉스다. 불법체류자, 비혼자, 노숙자 등이 모여 사는 곳으로 치외법권이나 다름없다. 여기서 버티다가 바뀐 신분증을 들고 돌아가서 살면 돼.

확실히 알 수 있는 건 이렇게 사는 건 장다름이 원한 싱글의 삶이 아니라는 거였다. 우선 공간이 너무 좁았다. 집들의 간격은 지나치게 가까웠고 복도에서 늘 보는 이들과 마주쳤다. 그들은 장다름에게 말을 걸고 접근하기까지 했다. 이들 중에 자발적인 비혼자들이 있긴 한 걸까. 하루에 한 명씩 죽어나가는 듯했지만 발견되는 데 사나흘이 걸렸다. 시체 발견 및 수거를 담당하는 미화원이 있었고 주 2회 장다름이 살고 있는 콤플렉스에 방문했다. 수색은 대충 이루어졌지만 악취가 심해 금방 알아챌 수 있었다.

경제적 여유가 없는 싱글은 장점이 없다. 국가에서 불법으로 지정한 건 어떤 의미에서 현명한 정책일지도 모른다.

저기요.

누군가 장다름의 방문을 두드렸다.

네?

옆방 사람인데요. 작은 목소리, 작은 체구의 남자였다. 장다름이 문을 열었다.

무슨 일인데요?

너무 시끄럽네요. 조용히 좀 해주세요.

남자가 지나치게 또박또박하고 작은 목소리로 말했다. 장다름이 황당한 표정으로 방 안을 둘러봤다. 그의 방에는 당연히 아무도 없었다. 시끄럽다니, 무슨 소리지?

남자는 때가 낀 검지 손톱으로 침대 위에 있는 이어폰을 가리켰다. 이어폰에서 음악이 나오고 있었다.

음악 소리가 들려서요. 도저히 더 이상 못 참겠네요.

아…… 네.

장다름은 그가 돌아가고 난 뒤 이어폰을 한참 쳐다봤다. 못 참겠다고? 내가 못 참겠다.

18

관계 맺기는 정말 인간의 본성일까.

19

침대에 누워서 선우 생각을 자주 했다. 장다름은 그녀와 함께 지내던 시절 찍었던 사진을 보며 그때의 날씨며 입었던 옷이며 나눴던 대화를 생각했다. 좋은 시절이었지. 연락할까.

다행인지 불행인지 SNS로 보는 선우의 결혼생활은 그리 행복해 보이지 않았다. 육아에 정신이 없었고 파트너는 큰 도움이 안 되는 모양이다.

다시 시작하면 잘할 수 있을까. 이젠 애까지 봐야 하는데. 장다름은 생각했다.

20

니콜라 테슬라는 1900년 6월 휴머노이드 로봇을 만들겠다고 결심한다. 그 이유에 대해서 다음과 같이 말한다. 나의 모든 생각과 행위를 통해 절대적으로 만족스럽게 입증했고 매일같이 입증하고 있는 사실은 내가 운동 능력을 갖춘 자동인형이라는 것이다.

나는 감각기관을 때리는 외부 자극에 반응하고 그에 따라 생각하고 움직일 뿐이다. 이런 경험을 하고 보니, 오래전부터 나를 기계적으로 재현하고 외부의 영향에 대해 나처럼, 하지만 훨씬 원시적으로 반응하는 자동인형을 만든다는 발상은 당연한 수순이었다.

그는 자신을 닮은 자동인형의 이름을 '텔레오토마타'라고 붙였다.

21

너무나 당연한 사실이지만 테슬라는 평생 독신으로 살았다.

22

선우는 아이를 법관으로 키울 생각이었다. 나름 괜찮은 선택이지 않아? 그녀의 파트너인 마저리는 아이에게 큰 관심이 없었지만 동의했다. 좋은 직업이지. 돈도 잘 벌고.

장다름에게 전화가 몇 번 오긴 했지만 받지 않았다. 그가 비혼자의 삶을 택해 어딘가로 도망쳤다는 소식은 상근에게 들어서 알고 있었다. 그런데 왜 전화가 오는 걸까. 궁금하긴 했지만 못 참을 정도는 아니었다. 마저리와 장다름 둘 중에 하나를 선택해야 한다면 어떨까. 선우는 마저리가 썩 내키지 않았지만, 특히 그가 선호하는 옷차림은 눈꼴사나웠지만 그래도 마저리와 함께 있는 게 낫다고 생각했다. 마저리는 선우를 필요로 했다. 장다름은 그렇지 않지. 아이에게 분명히 좋지 않은 영향을 줄 거야. 애정결핍으로 크겠지.

선우는 자기도취적인 어머니 아래서 자랐다. 그녀는 유년기의 선우에겐 관심이 없었고 성인이 된 선우에게는 간섭을 하거나 질투를 했다. 마저리는 선우에게 '도터스 오브 나르시시스트Daughters of Narcissist'라는 이름의 애플리케이션을 소개했다. 어머니와 통화 후 마음에 상처를 받고 힘들 때 앱을 누르면 다음과 같은 메시지가 나온다.

신경 쓰지 마!

너는 그 자체로 소중한 사람이야.

스스로를 너무 구박하고 미워하지 마.

가끔은 남 탓을 해도 괜찮아.

내가 나를 지켜주고 돌봐주지 않으면 이 세상에 그 누가 나를 지켜주겠어.

정 견디기 힘들면 너를 위해줄 사람들과 만나서 대화를 나눠.

→ *클릭* 안티 나르시시스트들을 위한 번개 모임 '겨울을 지나온 우리에게'

23

장다름은 지하에서 사는 동안 점차 확신이 생기는 걸 알 수 있었다. 자신이나 팸과 같은 사람은 새로운 종이야. 팸이 동물이라면 자신은 기계였다. 인간이 왜 이런 방향으로 진화하는지 알 수 없는 노릇이지만, 이것을 퇴행 또는 진보라고 할 수 있을까.

24

여러분, 결국은 아무것도 하지 않는 게 상책이다! 의식적인 타성이 가장 좋다! 그러니까 지하생활 만세! 나는 울화통이 터질 만큼이나 정상적인 인간이 부러워 죽겠다고 말은 했지만, 그러나 현재 내 눈으로 보고 있는 것과 같은 상태에 그들이 있는 한, 그들 축에 끼고 싶은 생각은 꿈에도 없다.

— 도스토예프스키, 『지하생활자의 수기』, 이동현 옮김,
문예출판사, 1972, 55-56면

신과 함께

규엽은 쇼핑의 신이었다. 그가 노르웨이의 한 편집숍 사이트에서 테아토라의 디바이스 코트를 구입했을 때 나는 결정적으로 그 사실을 깨달았다. 전 지구적 물류 경제의 흐름 한복판에서 규엽은 이미 세계인이었다. 비록 제대로 하는 외국어는 한마디도 없었지만 말이다.

구글 번역기가 있잖아.

웬만한 사이트는 모두 영어가 지원되고 영어가 지원되지 않아도 구글 번역이 있다. 쇼핑 단어가 거기서 거기 아닌가. 중요한 건 경계가 없다는 걸 인식하는 것이다.

쇼핑에 성역은 없어.

규엽이 말했다. 규엽은 쇼핑을 종교의 영역으로 격상시키고 있었다. 그가 성호를 그으며 말했다. 직구, 배송, 반품의 이름으로, 쇼핑의 신에게 아멘.

신성모독이야, 그건.

내가 말했다. 비록 천주교 신자는 아니지만, 종교적 표현을 쇼핑 따위에 붙이는 건 좀 그렇지 않나. 규엽은 단호히 고개를 저었다. 신은 죽었고 마르크스주의는 붕괴했고 이제 믿을 건 전 지구적 자본주의 체제뿐이지. 인간에게는 믿음이 필요하고, 내게는 쇼핑이 그래. 더 정확히는 직구. 친구랑 가족은 못 믿어도 DHL은 믿지. 택배 기사님은 현대판 전도사야. 기독교 포교 이후 세계 구석구석으로 이렇게 뻗어나간 건 택배 기사님들밖에 없다고. 그들의 고난을 생각해봐!

테아토라 디바이스 코트는 국내 편집숍에서 130만 원 정도 한다. 시즌 오프 할인도 30퍼센트밖에 안하고 수량도 거의 없다. 심지어 할인하기 전에 대부분 품절된다. 갖고 싶은 옷이었지만 생소한 일본 브랜드의 봄가을 코트를 130만 원이나 주고 살 순 없다.

BALENCIAG

그러나 규엽은 그 코트를 55만 원에 샀다. 국내 편집숍 이용자들이 알면 땅을 칠 일이다.

가톨릭에 대한 칼뱅주의적 해석이 필요한 때지.

규엽이 말했다.

근대 산업국가에서 청교도 정신이 어떤 역할을 했는지 기억해보라고. 근검, 절약, 성실. 직구와 정확히 일치해. 발품을 많이 팔수록, 노동할수록 그에 상응하는 보답을 받을 것이니, 두드려라, 그러면 열릴 것이다.

규엽이 일어나면서 디바이스 코트의 자락을 휘날렸다. 나일론과 코튼이 적절한 비율로 블렌딩된 디바이스 코트의 영롱한 디테일이 빛을 발했다. 나는 손을 뻗어 코트의 끝자락이라도 만져보고 싶었으나 비참한 기분이 들어 관뒀다. 그때 내가 느낀 기분은 박탈감이었다. 나는 내가 산 옷들을 떠올려보았다. 50퍼센트 할인된 가격으로 구입했지만 아웃렛에 남아도는 인기 없는 옷들에 불과했다. 이미 수년 동안 백화점과 편집숍, 배송과 반품을 거치며 빛을 잃은 낡아 빠진 옷들.

그러므로 어설픈 포지셔닝은 안 돼. 규엽이 말했다.

무슨 뜻이야?

자본의 흐름과 유통을 신봉하라고. 그때에만 평온과 안식을 얻을 수 있어. 그게 싫으면 자연인이 되든가.

그렇다. 솔직히 고백하자면 나는 늘 그깟 직구라는 생각을 했다. 물건 하나 사려고 번거롭게 그럴 필요가 있어? 그렇게 시간과 노력을 들이며 돈과 효율을 생각해야 하냐고. 그냥 근처에 있는 거 사면 되는 거 아니야?

그런 태도가 바로 신성모독이야. 신의 역사가 눈앞에서 이루어지는데도 게으름 때문에 외면하는 거지. 어리석은 중생이여, 영원히 저품질에 고통 받으라.

규엽은 말을 마치고 입고 있던 코트를 벗어 둘둘 말았다. 디바이스 코트는 패커블 기능이 있어 아무리 접어도 구겨지지 않았다. 그러니 여름에도 들고 다닐 수 있었다. 디바이스 코트는 모든 곳에 존재했다. 지구는 쇼핑으로 하나가 되었다. 나만 그 사실을 몰랐을 뿐이다.

당신 인생의 자기계발

사람은 두 종류로 나뉜다. 자기계발서를 읽는 사람과 자기계발서를 읽지 않는 사람. 하지만 희정의 의견은 다르다. 또는 한 발 더 나아갔다.

"사람은 두 종류로 나뉘지. 자기계발서를 읽는 사람과 자기계발서를 쓰는 사람."

"자기계발서를 읽지도 않고 쓰지도 않는 사람은?"

"그걸 사람이라고 할 수 있을까?"

희정이 말했다. 나는 얼굴이 살짝 붉어졌다. 황당하기도 하고 화가 나기도 했다. 자기계발서라니. 내 주변에 그걸 읽는 사람은 아무도 없다. 이희정 빼고 아무도.

"노력하지 않는 자는 사람이 아니야. 나는 이 말을 비난조로 하는 게 아냐. 동물이 나빠? 개나 고양이가 나빠? 푸들이 자기계발하는 거 봤어? 근데 나쁘지 않잖아."

"그러니까 네 말은 내가 개 같다는 말이지?"

희정은 고개를 저었다. "너처럼 편견을 가지고 접근하면 논지를 펼 수가 없잖아. 자기계발은 단순하지 않아. 서점에 깔린 자기계발서류의 책을 보지 않는다고 자기계발과 거리가 멀다고 생각하겠지만, 그렇지 않거든."

희정이 삼류 할리우드 영화에 나오는 배우처럼 경쾌하게 박수를 쳤다. "웨이크 업! 프렌즈!!"

내가 정말 싫어하는 희정의 버릇이라 눈살이 찌푸려졌지만 잠자코 있었다.

"문학도 자기계발이야. 인스타그램도 자기계발이야. 페이스북도 자기계발이야. 트위터는 더더욱 자기계발이지. 하지만 진짜 자기계발은 넷플릭스야."

"뭐래."

"하지만 가장 궁극의 자기계발은 자기 자신만의 자기계발서를 쓰는 거야."

나는 이때쯤 대화를 포기했던 것 같다. 그의 말을 건성으로 들으며 휴대폰을 봤다. 인스타그램에는 벚꽃이 한창이었다. 벚꽃이 올라와 있는 사진만 빼고 모두 '좋아요'를 눌렀다.

"내 책의 제목은 정해졌어. 4월의 어느 맑은 아침에 100퍼센트의 자기계발서를 만나는 것에 대하여."

"어디서 들은 거 같다."

"자기계발서의 핵심 포인트지. 어디서 들은 거 같은 제목."

희정과는 중학교 동창이다. 그와 친해진 건 둘 다 별 볼일 없는 존재인 데 반해 내면에서는 스스로를 별 볼일 있다고 여기는 특성 때문이었다. 다시 말하면, 둘 다 인기도 없고 성적도 그만그만, 외모도 평범했지만 책은 꽤나 읽었다. 그러니까 우리가 가까워진 건 책 때문이었는데, 책은 이렇듯 늘 문제만 일으키는 존재다.

사실 희정의 얼굴은 잘생긴 편이다. 문제는 그의 키다. 160센티미터였고 어깨는 좁았다. 희정의 신체라면 평범한 얼굴이거나 못생긴 게 더 나을지도 몰라. 친구들은 뒤에서 수근거렸다. 희정은 그럴 때마다 달려들었지만 싸움을 못해 맞기만 했다.

희정의 인생은 이십 대 내내 제대로 되는 게 없었다. 입시에 실패했고 연애에 실패했으며 취업에 실패했고 현재는 공무원 시험에 떨어지고 있는 중이다. 우리는 작년에 서른이 넘었고 나는 회사에서 만난 여자친구와 결혼을 했다. 희정은 축시를 읊겠다고 고집을 피웠고 여자친구는 파혼이냐 희정이냐 둘 중 하나를 선택하라고 했다.

그때 나를 택하지 않은 걸 평생 후회할 거야.

희정은 지금도 가끔 말한다. 정말 친구지만…… 친구라고 할 수 있을까? 어릴 때 친구들을 떠올리면 그런 생각이 든다. 우리가 자라기 이전에, 사고와 취향과 생활환경이 굳기 이전에 만난 이들과 우정이라는 명목으로 관계를 유지할 이유가 있을까. 어릴 때 우정이 진짜 우정일까. 어쩌면 우정이나 애정 같은 것들은 일종의 유사성을 나누는 것에 지나지 않는 것 아닐까. 그런 면에서 희정과 나 사이에는 더 이상 나눌 유사성이 남아 있지 않다는 생각이 든다.

희정이 자기계발서의 내용으로 인스타그램을 시작했을 때만 해도 나는 상황을 가볍게 봤다.

인스타그램 프로필: 김희정, 작가. "전지적 자기계발 시점" 희정은 각종 레퍼런스를 이용해 자기계발 메시지를 전파했다. 참을 수 없는 존재의 자기계발, 백 년 동안의 자기계발, 자기계발을 공부하는 자기계발, 자기계발의 온도, 두근두근 자기계발, 알려지지 않은 자기계발과 자이툰 파스타…….

"작작 좀 해라."

나는 희정의 인스타그램을 보고 말했지만 인스타그램은 어느 순간부터 팔로워가 늘기 시작하더니 며칠 사이에 3천 명을 찍고 수만을 넘어섰다.

"어떻게 된 일이야?"

"샀어."

희정이 말했다.

"사다니, 뭘?"

"팔로워를 샀다고."

희정의 말에 의하면 인스타그램 홍보를 돕는 회사가 있었다.

조금의 돈만 주면 가짜 계정으로 팔로워를 붙여준다고, 한번 팔로워가 붙고 나면 그 이후에 늘어나는 건 문제도 아니라고 했다. 그러니까 처음 몇천 명은 가짜고 나머지는 다 진짜였다.

"가짜가 진짜가 되는 거야. 다시 말하면 가짜가 아니면 진짜가 될 수 없어."

희정이 말했다. 나는 네가 무슨 자기계발계의 시뮬라크르냐고 한마디하려다 말았다. 만년 백수가 뭐라도 하니 그나마 다행이라고 생각했다.

희정은 책을 냈고 책은 대박이 났다. 희정의 책 내용은 한마디로 말할 수 있다. 내용이 없다.

그는 스타가 되었다. 인터뷰가 쉬지 않고 들어왔고 전국을 돌아다니며 강연을 했다. 강연은 아무 말 대잔치였다. 희정은 평소에 하던 짓을 강연에서도 했다. "웨이크 업! 프렌즈!!" 나는 희정의 강연을 유튜브 직캠으로 봤는데 그가 래퍼인지 강사인지 구분할 수 없었다. 아내에게 말하자 래퍼와 강사를 구분하는 것부터가 구세대라고, 정신 차리라는 말이 돌아왔다.

웨이크 업!

희정의 자기계발은 자기계발을 하라는 말이 대부분이었다. 그러니까 자기계발의 뫼비우스의 띠. 사람이라면 자기계발을 해야 한다. 왜냐하면 자기계발을 하는 사람만이 사람이라고 할 수 있기 때문에. 사람들은 모두 각자의 자기계발을 지니고 있다. 중요한 것은 자신 안에 있는 자기계발을 찾아내는 것이다. 그것이 바로 진정한 자기계발이다…….

"나는 가르치는 게 아니야. 안내해주는 거야. 나는 선생이 아니야. 동료야."

희정은 강연을 할 때 반말을 썼고 나는 그게 무척 기분 나쁘고 불쾌했지만 사람들은 좋아했다. 강연을 할수록 희정의 말발은 늘었다. 처음에는 뭔가 이상했지만 점점 빠져들게 하는 힘이 있었고 이야기의 핵심과 논리는 미궁 속으로 빠져들어갔지만 마지막에는 당신은 틀리지 않았으며 당신에겐 당신만의 가능성이 있고 이제 당신 자신의 자기계발을 실현할 순간만 남았다는 메시지로 귀결되었다. 그것은 감동적이기도 하고 슬프기도 하고 웃기기도 했지만 그 무엇보다 쉬웠다.

나는 딸을 낳았고 아내는 육아휴직을 했다. 아버지는 뇌졸중으로 쓰러졌고 어머니는 집을 나왔다. 늘 돈에 쪼들렸지만 할 수 있는 게 없었다. 희정은 내게 글을 쓰라고 했다. 너 예전에 글 꽤나 썼잖아. 다시 발휘해보는 거야.

희정의 말에 따르면 나는 전형이었다. 꿈을 포기하고 현실에 타협해서 그냥저냥 사는 전형적인 타입. 그러다가 평온했던 일상에 균열이 생기면서 안정적이라 여긴 현실이 기만적인 부르주아적 환상이었다는 사실을 깨닫는 평범한 직장인.

"그 이야기를 글로 쓰는 거야. 단 어려운 말이나 내용은 빼고 에세이로. 부르주아, 이런 단어도 안 돼."

희정의 말에 솔깃한 건 사실이었다. 그의 코치에 따라 언리미티드 에디션도 갔다. 독립출판물이 그렇게 많고 그걸 사러 온 사람이 많다는 사실이 충격적이었다. 10년 전만 해도 독립출판물이나 1인 출판은 거의 없었던 것 같은데 무슨 일이 벌어진 거지?

"지금 글을 쓰는 건 유행에 조금 늦었고 늦었다고 생각할 때가 정말 늦은 거지만 세상은 느리게 가는 사람들에게 아량을

베푸는 경향이 있어. 지나치게 빠른 것보다는 느린 게 나아. 그래야 안심하거든. 빠른 사람들은 사람들에게 불안만 줘."

희정은 어느새 종교–철학–미학–자기계발을 모두 버무린 달변가가 되어 있었다. 그러면서 인터뷰에서는 교묘하게 어눌한 척을 했다. 사람들 앞에서 낯을 가리고 수줍어한다며, 자신이 당당할 수 있는 건 이렇게 마음속에 있는 말을 진심으로 꺼낼 때뿐이라고 했다.

나는 인터뷰가 너무 가식적이라고 말했다. 희정은 고개를 저었다.

"다 사실이야. 기억 안 나? 나 중학교 때 소심했던 거?"

퇴근하고 아내와 저녁을 먹고 딸아이를 재운 후 자기계발서를 쓰기 시작했다. 희정은 자기계발서임을 강조해서는 안 된다고 했다. 유행이 변했고 조금 더 서정적으로, 일상적으로, 따뜻하게 쓰라고, 네 인생의 아픈 부분, 슬픈 부분, 괴로운 부분을 비관적이지 않게, 냉소적이지 않게, 심각하지 않게 쓰라고 했다.

"아스라한 그 느낌. 알지?"

나는 희정의 인스타그램을 하루에 수십 번씩 드나들며 참고했다. 인스타그램 프로필: "함께 비 내리는 하늘을 슬프게 여기는 마음"(솔직히 무슨 말인지 모르겠다)

출간은 희정이 보장해준다고 했다. 책을 쓰는 데 세 달 정도 걸린 것 같다. 텀블벅을 했고 놀랍게도 천만 원이 넘는 돈이 모였다. 물론 희정의 출판사에서 나오는 네 번째 책이기 때문에 그럴 수 있었을 것이다.

출간을 한 달 앞두고 희정이 마약 혐의로 체포되었다(어쩐지 어느 순간부터 웨이크 업! 하기 전 박수 칠 때 두 손이 잘 안 마주친다 했다). 편집자는 출간을 포기해야 할 것 같다고 했고 출판사는 와해 위기에 처했다. 그러나 나는 멈출 수 없었다. 책을 팔아 한 푼이라도 더 벌지 않으면 부모님이 거리로 나앉을 판국이었다. 나는 추가 원고를 쓰겠다고 말했다. 중학교 동창이자 가장 오랜 친구이며 사랑해마지 않는 사람인 희정에 대해, 희정의 실패와 성공, 추락과 재기, 다시 이어지는 추락에 대해 썼다. 출판사 직원들은 원고를 보고 기립 박수를 쳤고 책의 화룡점정이라고 말했다. 제목은 『당신 인생의 사기계발』로 확정됐다. 책은 베스트셀러가 됐고 나는 책을 들고 의정부 교도소로 희정의 면회를 갔다.

"내가 그랬잖아. 누구나 자신만의 자기계발이 있다고." 희정이 철창 너머에서 말했다.

그리고 세상은 영화가 되었다

그는 자신이 어쩌다 영화평론가가 되었는지 이해할 수 없었다. 영화를 좋아하고 글 쓰는 걸 좋아하지만 영화평론가가 되겠다고 생각한 적은 없었다. 아무도 평론을 읽지 않는 시대에, 평론이라고 해봤자 달콤쌉싸름한 말로 관객들 비위나 맞추어야 하는 시대에 평론이라니. 물론 어딘가에서는 평론이 읽히고 제 기능을 하고 있는지도 몰랐다. 그러나 자신에겐 아니었다. 게다가 평론가 일은 돈벌이도 되지 않았다.

그래서 그는 가난했다. 삶에 의욕이 없었다. 다른 일을 하기엔 너무 늙었다. 영화 평론은 딱 굶어 죽지 않을 정도로 일이 들어왔다. 그래서 그는 죽지도 살지도 않은 상태에서 살아갔다. 영화계의 언데드라고 할까. 그러나 영화계의 모든 사람이 사실 언데드고 이곳은 좀비랜드야, 그는 생각했다. 영화는 끝났어.

어느 날 그는 넷플릭스의 애니메이션 시리즈 〈보잭 홀스맨〉을 봤다(그는 넷플릭스를 경멸했다. 그러나 매일 봤다……). 〈보잭 홀스맨〉은 한물 간 영화배우 보잭이 시답잖은 농담을 늘어놓는 작품이었다. 보잭은 인간의 몸에 말의 머리를 붙인 모습이었는데 아무도 그 사실을 이상하게 여기지 않았다. 다른 캐릭터는 그냥 인간인데도 말이다! 물론 보잭의 여자친구는 인간의 몸에 고양이 머리였고 라이벌은 인간의 몸에 강아지 머리였다.

〈보잭 홀스맨〉을 보고 나면 머리에 말 가면을 쓴 말 대가리가 된 기분이었다. 히이잉. 한번 울어보기도 했다. 여자친구는 그에게 정신과 상담을 받아보라고 했지만 그는 거절했다.

나는 말이야, 정신병자가 아니라고. 그가 말했다. 너는 고양이야?

여자친구는 야옹, 하고 울지 않았다.

이별을 통보하지 않은 걸 다행이라고 생각해. 그녀가 말했다.

그는 말이 되었으므로 이제 평론에 아무 말이나 해도 된다고 생각했다. 어차피 그에게 들어오는 평론거리라고는 포털사이트에 올라가는 100자평이나 짧은 리뷰 정도였다. 그는 10년 만에 나온 톰 크루즈의 신작 영화에 대해, "톰 크루즈가 살아있다는 사실을 알린 게 이 영화의 유일한 성과. 물론 그는 이 영화를 보고 난 뒤 죽고 싶었겠지만"이라고 써서 보냈다. 영화평론을 하며 처음으로 시원한 기분이 들었다. 엿이나 먹으라지. 나는 정말 이렇게 생각한다구.

영화평이 반복될수록 사람들은 그에게 열광했다. 그의 평론에는 이상한 페이소스가 있었다. 삶의 애환과 고달픔, 아이러니와 슬픔과 기쁨과 한 줌의 희망……. 없는 게 하나 있다면 그건 영화에 대한 해석이었다. 영화의 내용은 있었다. 그러나 해석은 없었다. 평가 역시 있었다. 그러나 그 평가에 대한 이유는 없었다. 영화는 대부분 별 한 개였다. 왜냐하면 우리의 인생이 별 한 개니까…….

박평식 이후 화제가 된 영화평론가는 처음이었다. 물론 정성일이나 유운성, 신형철 등이 있긴 했지만 이 사람들을 진정한 영화평론가라고 할 수 없지. 그가 중얼거렸다. 진정한 영화평론가라면 개똥밭을 굴러야 되는데 저 치들은 너무 고상해. 영화는 끝났고! 나는 한물 간 삼류배우 보잭 홀스맨이고! 내 눈에 보이는 건 모두 말똥이다! 그는 생각했고 아무도 평하지 않는 영화들을 개인적으로 평하기 시작했다. 유튜브 채널을 개설했고 한 영화당 3분 내로 평가를 끝냈다. 스트리밍 서비스나 다운로드 사이트에 떠도는 영화를 아무거나 집어서 그 영화에 대해서, 인생에 대해서 떠들면 되었다. 스포일러 운운하는 사람들에게는 초등학교나 졸업하고 오라고 했다.

이로써 그의 유튜브 채널명이 정해졌다. '스포일러'. 그가 스포일링하는 건 두 개다. 하나는 영화, 또 하나는 인생…….

방송을 클릭하면 말 가면을 쓴 그가 등장해 말한다(말 가면은 여자친구의 의견이었다).

지금도 늦지 않았다. 인생이 살 만한 거라고 생각한다면 당장 영상을 중지해라. 3초 주겠다. 삼…… 이…… 일…….

그는 영화 GV에도 초청받았다. 그는 담당자에게 경고했다. 저를 말릴 순 없을 겁니다. 담당자는 깔깔 웃으며 대답했다. 네, 선생님. 감사합니다.

그는 어처구니가 없었지만 에라, 모르겠다는 심정으로 말 가면을 쓰고 나갔다. 유튜브 방송 때와 똑같이 행동했다. 사람들은 휴대폰으로 그를 촬영했고 SNS에는 생애 최악의 GV였다는 후기들이 올라왔다. 후기에는 다음과 같은 댓글이 달렸다. 그건 당신의 인생이 최악이기 때문입니다…….

영화사와 극장은 그를 부르는 게 노이즈 마케팅이 된다는 사실을 알았다. 초대가 쇄도하기 시작했다. 어느 날부터 GV를 하러 가면 말 가면을 쓴 사람들이 관객석에 앉아 있었다. 그들은 팝콘을 먹으며 꼼짝도 하지 않고 그의 토크를 들었다. 들리는 소문에 의하면 그들은 영화를 보지도 않고 GV를 본다고 했다.

좋아하는 사람들만큼 그의 행태를 비난하는 사람들이 줄을 이었다. 농담 따먹기나 하는 저급한 평론가, 무의미한 퍼포먼스, 영화에 대한 예의가 없다, 비윤리적이고 반도덕적이다, 정신병자같나, 여혐이다, 남혐이다, 보수적이다, 급진적이다, 난해하다, 유치하다…….

그러나 진짜 문제는 그에 대한 비난이 아니었다. 시간이 지날수록 그의 인생이 살 만해져간다는 사실, 더 이상 그가 자신의 삶에 대해 스포일링할 게 없다는 사실이었다. 삶에 대해 스포일링할 게 없으면 영화에 대해서도 스포일링할 게 없다는 사실을 그는 비로소 깨닫게 되었다.

통장 잔고는 충분했고 여자친구와는 결혼을 준비 중이었으며 팬들은 무슨 말을 해도 그를 따랐다. 영화를 보는 것보다 여행을 다니고 쇼핑을 하고 산책을 하고 운동을 하고 친구와 수다를 떨며 맛있는 음식을 먹는 것이 더 행복하다는 사실을 그는 알게 되었다. 그러나 이러한 인생에 대한 깨달음을 그의 팬들에게 말할 순 없었다. 그는 더 이상 비관적이지도 않았고 삶에 페이소스를 느끼지도 않았다. 그러나 사람들이 그를 사랑하는 이유는 바로 그것 때문이었다.

그는 자신이 처한 모순 때문에 다시금 괴로워졌다.

경우 1. 사실을 말하면 → 인기가 떨어진다. → 지금 누리는 행복이 사라진다.

경우 2. 사실을 말하지 않으면 → 할 말이 없다. → 일을 할 수 없다. → 지금 누리는 행복이 사라진다.

그는 오래전 동료 영화평론가가 그에게 해준 격언이 생각났다. 냉소주의로 흥한 자, 냉소주의로 망하리라. 방법은 하나뿐이었다. 모든 것을 새롭게 시작하는 것이다. 새로운 인생, 새로운 출발.

때마침 한 편의 영화가 개봉했다. 마블 시네마틱 유니버스 페이즈 6의 마지막 작품인 〈어벤저스: 이터널 저니〉. 그는 영화를 사전 관람했고 마블의 엄격한 금지에도 불구하고 '스포일러'에 스포일러를 올렸다.

방송을 업로드하자마자 댓글이 폭주했지만 그는 잠자코 사태를 관망했다. 30분 뒤, 경찰 특공대가 방문을 부수고 들어왔다. 경찰은 그를 강제로 눕힌 뒤 수갑을 채웠다. 당신을 스포일링 및 저작권 침해, 재산 손괴, 명예훼손 혐의로 긴급체포합니다. 그들은 그의 말 가면을 벗기려고 했으나, 그가 소리 질렀다. 영화는 영화다!

말 가면을 쓴 채 수갑을 찬 그의 모습이 전 세계에 생중계되었다. 외신은 영화계의 내용 유출과 관련된 오랜 투쟁에 대한 기사를 썼고 케빈 파이기는 이번 사태를 절대 그냥 넘어가지 않겠다고 선언했다. 지난해 재선으로 당선된 미국 대통령 조지 클루니 역시 한국 정부에 엄중히 경고했다. 문화산업의 근간을 뒤흔드는 이번 사태에 대해 한국 정부는 경각심을 갖고…….

일군의 사람들이 그와 뜻을 같이한다는 의미로 말 가면을 쓰고 법원 앞에서 시위를 하기 위해 모였으나 시네필들에게 집단 구타를 당하고 말 가면이 찢긴 채 병원으로 호송당했다. 웹상에서 논쟁이 일어났다. 그는 영웅인가 악당인가. 사회부적응자인가 진정한 평론가인가.

그는 재판 과정에서 열심히 부르짖었다. 포스트 인터넷 시대의 비평가는 과거와 다르다. 그들은 대중을 계도하는 계몽주의자도 아니고 아카데미의 상아탑에 안주하는 학자도 아니다. 국가기관과 거대 기업의 독재에 맞서 기성 체제와 관습에 균열을 내야 한다. 요제프 보이스가 말했다. 모든 사람이 예술가

N

다. 바꿔 말하면 모두가 비평가다. 개인이 곧 미디어다. 미디어는 기존의 미디어를 재매개한다. 고로, 미디어의 목적은 기존의 미디어를 사라지도록 하는 것이다. 다시 말해 영화가 곧 인생이다. 인생은 숨겨질 수 없다. 아무리 진실을 은폐하고 단속하고 감추어도 모든 것은 드러나게 되어 있다. 그러므로 나는 하나의 유토피아를 상상한다. 즐김 속에 만들어진 대화들이 상업적 차원과 무관하게 유통될 수 있는 유토피아…… 비평가와 관객이 분리되지 않는 유토피아…… 삶과 영화가 분리되지 않는 유토피아…….

그는 변론 과정에서 눈물을 흘렸고 그를 비판했던 동료 영화평론가(그는 응암동에서 치킨집을 하고 있었다) 역시 눈물을 흘렸으며 말 가면을 쓰고 청중석에 앉아 있던 그의 팬들 역시 눈물을 흘렸다. 그러니까 그는 자신의 일을 좋아해서 시작했고 그 결과 자기혐오에 빠졌으며 냉소주의자가 되었지만 결국 다시 자신의 일을 사랑하게 된 것이다……. 어떻게 된 영문인지 정확히는 알 수 없지만 말이다.

케빈 파이기는 고소를 취하했다. 조지 클루니 미 대통령 역시 다시금 성명을 발표했다. 그가 스포일링한 것은 한 편의 영화가 아니라 우리의 인생이었습니다. 그의 용기에 박수를 보냅니다. 그는 더 이상 말 가면을 쓰지 않기로 했다. 유튜브 방송 시작 멘트도 바꿨다. 지금도 늦지 않았다. 아직도 인생이 살 만한 거라고 생각한다면 당장 접속을 끊고 밖으로 나가라. 나는 미래를 모른다. 영화가 어떻게 끝나는지를 말하려는 게 아니다. 어떻게 시작될 것인지를 말하는 것이다. 이제 접속을 끊으면 진짜 인생을 보여주겠다……. 규칙이나 통제, 경계나 국경이 없는 세계……. 모든 것이 가능한 세계를……. 그 다음에 어떻게 할지는 당신의 선택에 맡기겠다. 물론 이 멘트가 영화 〈매트릭스〉의 리메이크라는 사실은 말하지 않았다. 어차피 그의 방송을 보는 사람 중에 매트릭스를 기억하는 사람은 없으니까…….